深表遺憾，我病起來連自己都怕
5
作者 小鹿
繪者 Mocho
ALICE

＋
相關病史一覽

病歷號碼	●●●●●●
姓　　名	●●●
年　　齡	●●歲●個月

病況描述

序章

「雲悠然。」

一個穿著華麗和服的嬌小白髮女孩坐在王座上，叫了王座下的人一聲。

下方的人抬起頭來，以睡眼惺忪的雙眼看了院長一眼。

這名叫作雲悠然的女子戴著項圈，穿著附有帽兜的連身外套，過長的外套下襬蓋到了她的大腿處，讓她看起來就像是穿著外套樣式的連身裙，要是不仔細看，甚至會誤認為她除了這件外套外就什麼都沒穿。

她的身高約莫一百五十公分，直順的頭髮就像水一般流了下來，隨意地散落在肩上。

但她與眾不同的地方還是在於她的雙眼，她的眼角末端下垂，眼睛半睜似閉，左眼下方有一處星型的淚痣，配上蓋住額頭的瀏海，讓她給人十分沒精神的印象。

「院長，這次為何叫我起床了？」

雲悠然揉了揉眼睛，像是很睏的模樣。

「不要叫我院長，我名為科塔。」

「就算外表是科塔，但妳的內在依然是院長吧？」

「即使如此，現在的我仍是科塔，我是『滅蝶』的首領，也是統治一半世界的王。」

「那麼，這麼偉大的王，還有什麼事需要我幫忙呢？」
「季武和葉藏，似乎正在盤算要將我殺了。」
「所以妳希望我保護妳嗎？」
「不，他們兩個我自有打算。」
「嗯……」
聽到院長這麼說，雲悠然戴起身後的帽兜，瞇細了雙眼，開始打量起院長的臉龐。
過了一會兒後，她像是發現什麼的緩緩說道：
「嗯……妳想利用他們達成妳『超越季晴夏』的目的，是嗎？」
「是的，真不愧是悠然，竟這麼簡單就看穿了我。」
「不，我只是個直覺好了點的普通人類而已，沒有力量也沒有腦袋。」
「但妳確實說對了。」
院長輕掩嘴角笑道：
「他們以為我化身成科塔後，這個計策就到了盡頭，殊不知這不過是開端而已。」
「……真正可怕的還在後頭是嗎？」
雲悠然縮了縮身子，露出害怕的樣子說道：
「真是的，根本是怪物，竟算計到了這麼久之後的事情，要是可以，真不想跟你們這群傢伙扯上關係。」
「在我眼中，妳也是個不折不扣的怪物喔。」
「不不不，饒了我吧。」

雲悠然將雙手收進袖子中，不斷甩動長長的袖子說道：

「我只想當個普通人啊，拜託不要把我拉到跟你們一樣的地位。我這個人沒什麼野望，只想一天睡上二十三個小時又六十分鐘。」

「那不就是一整天嗎？何必特別換算成別的單位。」

「我試圖讓自己聽起來不要那麼廢。」

「…………」

「正常人都會這樣打腫臉充胖子的。」

像是對自己的解釋很滿意，雲悠然不斷點頭道：

「嗯，我真是個再正常不過的人類。」

「……總之說回原本的話題。」

像是不想浪費力氣跟雲悠然爭論，院長切入正題說道：

「今天之所以把妳叫來，是希望妳幫我做一件事。」

「什麼事？」

「殺人。」

「……殺誰？」

「我希望——

「妳能幫我殺掉季雨冬。」

「…………」

在聽到這句話後，總是半睜著眼的雲悠然微微張大了眼，像是因為院長的話而驚訝。

「很驚訝嗎？」

院長將扇子攤開，微笑道：

「不是殺掉可能礙事的季武，也不是殺掉武力高超的葉藏，而是將目標對準了季雨冬。」

「……我確實對此感到驚訝。」

很快就恢復往常模樣的雲悠然，再度以睡意滿滿的表情說道：

「我本以為，妳會委託我去殺掉季晴夏的。」

「即使是妳，我想也是做不到此事的。」

院長輕輕笑道：

「儘管妳已是最強的人類。」

「就說了……不要把我拉到這麼高的地位。」

「妳忘了我的設定嗎？我只會說實話——也只能說實話。」

用收起的扇子指著自身，院長緩緩說道：

「只要有這個設定，我就能出現在任何一個地方，儘管外表變成任何模樣，我依然會是那個執著於世界和平的院長。」

「嗯……」

「妳擁有的天賦雖不穩定，但無可替代，即使是季武和葉柔，在妳面前都不值一提。」

院長語氣一沉說道：

「不過，季雨冬就另當別論了。」

「妳的意思是，我會輸給她嗎？」

「不，妳應該會贏吧，毫無疑問的會贏。」

「……」

「若是妳與季雨冬對戰一百場，妳一定會贏上一百場。」

「……我越來越搞不懂妳想說什麼了。」

雲悠然輕嘆口氣說道：

「既然是這樣毫無威脅的目標，有必要特地請我除掉嗎？」

「妳沒聽懂嗎？我剛說的是：『妳與季雨冬對戰』。」

院長以再嚴肅不過的語氣說道：

「但若是『妳跟季晴夏的妹妹對戰』，那結果就大不相同了。」

「這說的不都是同一人嗎？」

「不，全然不同。」

院長用扇子遮住臉的下半部說道：

「季晴夏是無人理解的怪物，只要待在她身邊，就會不自覺地被她扭曲。即使是妳，我想也逃不出這股影響吧。」

「畢竟季晴夏和任何人都不同，是特別無比的存在。」

「但妳知道嗎？悠然。」

院長的眼中放出光芒說道：

「季雨冬她可是在這樣的存在身邊，待上了幾十年之久啊。」

「……」

「至今為止，季雨冬都沒有想出任何策略，也沒有與任何人戰鬥過，就如妳所說的，她什麼都沒做。但是——」

院長「啪」的一聲張開扇子。

「她曾待在季晴夏的身邊，還曾試圖與她並肩，光是這點，就足以讓她比任何人都特別。」

「……我似乎稍稍明白妳的意思了。」

「一直以來，『季雨冬』都因為自卑感而將自己貶為婢女，居於季武和季晴夏的後方。但若是哪一天，她願意挺身而出，以『季晴夏妹妹』的身分出來引領一切——」

院長望向遠方，就像是注視著即將到來的未來。

「那麼即使是我，也有可能會輸吧。」

Chapter 1 女兒

「首先，整理一下現況吧。」

坐在飯店的房間中，我對著面前的葉藏說道：

「一星期前，院長占據了科塔的身體，以另一個姿態重現於世。」

在院長變成科塔後，我就傳訊給了季雨冬和葉柔，希望她們能過來幫忙。畢竟現在的事態，已非我跟葉藏兩人所能解決。

只是不知為何，在等待夥伴到來的這段時間中，院長完全沒對我和葉藏下手。照理來說，她應該能透過整個城市的蝴蝶機械人，輕易地掌握我們的行蹤才對。但這些日子，別說襲擊了，我們甚至還被飯店的人當作貴賓招待。害我做好的心理準備全然落空。

究竟是院長沒把我們兩人看在眼中，還是因為她又在盤算什麼呢？

「母親大人她……」

坐在我面前的葉藏突然發話道：

「雖然母親她外表是名為科塔的人類，但她已完全不是科塔了，對吧？」

此時，我注意到了。

葉藏仍稱呼院長為母親大人。

但我仍裝作不知情地回應道：

「妳說得對，院長利用『幻痛再生』和我們的心痛，占據了科塔的肉體。」

就在失去科塔的那瞬間，我下定了決心。

我要結合周遭之人的力量，與院長對抗。

但是在行動前，我有一個再重要不過的問題必須先向葉藏確認。

轉而看向跪坐在我前方的葉藏，我以再嚴肅不過的語氣問道：

「葉藏，對妳來說，現在的『科塔』是誰？」

聽到我這麼問，葉藏沒有馬上回答，她將手放在膝上，垂首開始進行思考。

靜靜沉思的她端莊又漂亮，整個人看起來就像是一幅畫。

「對我來說，她的內在是死去的母親，她的外表則是人格改變後的科塔。」

過了良久後，葉藏緩緩說道：

「我無法將她看作無關的敵人，要是殺了她，我想我一定會心痛無比吧。」

「……嗯。」

「但是，我願意殺了她。」

葉藏抬起頭來，清澈無比的眼神中，有著不忍和覺悟。

「我願意背負這個心痛和罪孽，殺了科塔和自己的母親。」

沒有強裝出來的逞強，也沒有害怕軟弱的逃避。

當聽到葉藏這麼說後，我就知道她已做好了所有心理準備。

「很好，葉藏。」

我對她露出微笑，點了點頭說道：

「妳已正視自己，妳毫無疑問的是個可以為自己自豪的人了。」

「這一切都是多虧主人。」

葉藏不知為何低下頭去，滿臉潮紅。

「我……我願意追隨你一輩子。」

「喔、喔……」

聽到葉藏這麼說，我心中起了異狀。

葉藏之前有這麼可愛嗎？

那個因為慌張而摸著瀏海的樣子，突然好有女孩子的感覺。

「總、總之呢……」

像是要逃離現在的氛圍，我轉移話題說道：

「我們現在的目的有兩個，一個是『殺了院長』、一個是『將科塔奪回來』，對吧？」

「是的，但要怎麼做到呢？」

「對此我已經有了主意，不過，在討論這個之前，我想先搞清楚一件奇怪的事。」

「什麼事？」

「為什麼——」

「為什麼院長要變成科塔呢？」

「母親大人不是說過了嗎？唯有人類能統治人類，所以她這麼做並不奇怪吧？」

「一開始我也這麼認為，但事後冷靜一想，我開始意識到很多古怪的地方。」

我的腦中浮現那穿著層層和服的白髮小女孩。

「成為人類後……院長的弱點和破綻實在太多了。」

「什麼意思？」

「本來的院長之所以可以統治一半的世界，與晴姊相抗衡，是因為她是虛擬的『程式』。」

只要有電子儀器，就可以出入任何地方，獲取任何情報。

「但成為人類後，她就失去了這樣的特性，而且，她將面臨人類本身的限制。」

她必須靠吃喝維持生命，必須依賴睡眠和休息來維持身體機能。

「主人想說的意思是，母親她『變弱』了嗎？」

「也可以說是『等級下降』。」

「嗯……這個比喻挺適當的，真不愧是主人。」

「而且更古怪的是，她成為科塔後，竟堂堂正正地現身在眾人面前。」

她登上了「和」的天空，向世界宣告了她就是「滅蝶」的首領。

「為何這個行動很古怪？」

「因為，這個舉動讓她陷入了危險無比的處境。」

院長率領普通人，殘害病能者。

這樣的做法讓她得到了大量的支持，卻也因此吸引了無數人的仇恨。

「一直以來都沒有人可以將她殺掉，是因為無人知道她的真身為何。」

沒有人知道統率「滅蝶」的「滅蝶者」是誰。

事實上就算知道了也沒用，因為她是程式，也不可能殺掉。

「可是，她現在是人類了。」

誰都可以將她殺掉。

只要拿一小塊布按住她的口鼻，就能輕易奪走她的生命。

「成為科塔後，她反而給了人可乘之機。」

本來無解的存在，降格成了和我們一樣的人類。

想必現在全世界都會有人想要暗殺她吧。

院長的目的為何？她到底想要做什麼？

「不行……」

我按住太陽穴，搖了搖頭。

越想越不能理解院長到底想做什麼。

「主人，不管母親的動機為何，我們要做的事都不會變。」

就像是希望我不要再迷惘，葉藏頭伏地，向我請求說道：

「我們必須殺掉她，將科塔帶回來。」

「……妳說得沒錯。」

「我就是主人的劍，只要有用得著我的地方，請主人儘管跟我說。」

葉藏握住自己腰間的刀子，堅定地說道：

「為了讓原先的科塔回來，我願意做任何事。」
「呵……」
看著葉藏拚命的模樣，我不禁笑道：
「雖然這樣說很奇怪，但每次看到妳和科塔在一起時，我都覺得妳們像母女呢。」
「我、我也這麼覺得……」
滿臉通紅的葉藏結結巴巴地說道：
「我也覺得科塔就像是我跟主人的孩子。」
「…………咦？」
「我們三人一同在『和』逛街時，我覺得我們就像是一家人。」
葉藏摸著自己長長的馬尾，有些不安地問道：
「主人沒有跟我有一樣的感覺嗎？」
「真要說的話，確實是那樣沒錯。」
那時，我的心中洋溢著平穩的幸福。
若是之後有了妻子和孩子，想必就是這種心情吧。
「妳說得對。」
我輕輕地點了點頭。
此時的我還不知道，我接著所說的話會造成多麼大的風波。
這一星期中沒發生任何事情，確實讓我在不知不覺間鬆懈了。
於是，順著葉藏的話和當下的心情，我輕易地吐出了感想。

要是我能多注意點就好了。

要是我說話前能多思考，或許我就能迴避掉之後那慘絕人寰的結局。

看著眼前羞紅著臉的葉藏，我露出笑容說道：

「即使拚上這條命，我也會把科塔帶回來的，因為——」

「她就像是我們兩個的女兒啊。」

——砰！

一陣沉重的巨響從門那邊傳來。

我和葉藏同時轉頭一看，結果看到了面色一片慘白的季雨冬。

因為太過於專注思考和說話，我們根本沒發覺她早已到達了這間飯店。

「女、女兒……？」

季雨冬的腳下有著沉重的行李，看來剛剛的巨響是因為她失手將行李箱摔到地上所導致的。

「武大人和葉藏……」

面容毫無血色的季雨冬身子不斷搖晃，就像夢囈般喃喃說道：

「在奴婢不在時……生了女兒？」

「等一下！雨冬，妳誤會了！」

「奴婢誤會了什麼？」

「我跟葉藏沒有生女兒！」

我感到自己的心臟跳得無比迅速。

奇怪，明明我沒有做壞事，卻有種外遇被抓包的感覺是怎麼回事？

「沒有生女兒……？」

季雨冬抱臂思考了一會兒後，露出甜美的微笑點了點頭說道：

「奴婢明白了。」

「妳明白就好——」

「所以武大人和葉藏生的是兒子嗎？」

「妳根本就什麼都沒明白吧！」

仔細一看，季雨冬的雙眼中一點光芒都沒有。

完了，她這樣子我還是第一次看到，看來她打擊過大，已經陷入無法思考的狀態了。

「雨冬，妳先冷靜一下。」

「奴婢很冷靜啊，已經在想要去哪裡自殺了。」

「嗯，很顯然妳一點都不冷靜。」

我緊抓著她的雙肩，嚴肅地說道：

「雨冬，妳回憶一下，我和葉藏跟妳分開後，過了多久？」

「嗯……一個月？」

「一個月生得出孩子嗎？」

「武大人說得沒錯，一個月是生不出來的。」

「若依照常識，至少需要懷胎十月，對吧？」

「所以、所以——」

季雨冬以強忍哭聲的微弱聲音說道：

「武大人是在和我們分開的九個月前，就和葉藏偷偷懷上了孩子？」

「不是————！」

我的天啊！

這傢伙到底混亂到何種地步！簡直無法溝通！

「雨冬師父，妳誤會了。」

可能是想幫忙解釋，葉藏走到季雨冬身旁，從懷中掏出科塔的照片。

她什麼時候存了科塔的照片啦？真的是越來越像傻媽媽了。

指著照片中的白髮小女孩，葉藏說道：

「科塔是長這模樣喔，並不是剛出生的孩子。」

「你們的兒子長得好漂亮，看起來好像女生喔。」

對了……前面一個誤會還沒解開。

聽到季雨冬這麼說，傻愣的葉藏不解地問道：

「雨冬師父怎麼這麼說？科塔她不是男生，而是不折不扣的十歲女孩子喔。」

「十歲女孩子？也就是說——」

季雨冬的雙眼浮現出了淚水。

「除了兒子外，你們還生了一個十歲的女兒是嗎？」

「不是這樣——！」

我再度大聲否認！

「雨冬師父妳不要誤會，從頭到尾，我和主人之間就只有科塔一個孩子！」

「——也不是這樣解釋的！」

這樣季雨冬聽起來，不就誤會更深了嗎？

「雨冬師父妳看，科塔這孩子多可愛啊。」

葉藏將照片湊到季雨冬面前，開心地說道：

「不覺得她的鼻子有點像我嗎？」

「這是在炫耀嗎？是在跟奴婢炫耀嗎？」

「我覺得她被主人細心灌溉後，眉宇間的感覺也開始有點像主人。」

「這到底是什麼拷問！為何奴婢非得聽人誇讚武大人的孩子不可——」

「雨冬師父，科塔並不是『武大人』的孩子喔。」

葉藏以嚴肅的表情打斷她。

「對，就是這樣，葉藏，快跟雨冬說明清楚——」

「科塔不是我一個人的，她是『我和主人』的孩子。」
「妳到底要把狀況弄得多混亂妳才開心——！」
「所以，科塔是妳和武大人的心血結晶……是嗎？」
「心血結晶？沒錯，這麼說挺恰當的。」
葉藏大力點頭。
「科塔就是我和主人一同灌注愛情後，誕生出的寶物。」
雙眼含著淚的季雨冬嘴巴微張，視線在我和葉藏之間來來回回。
「呵呵……」
她低下頭，發出了一連串不成聲的笑聲。
「呵呵呵呵呵呵呵呵呵呵呵——！」
「雨冬，妳、妳還好嗎……？」
她身上散發出的黑暗之氣，讓我跟葉藏同時退了一步。
過了許久後，她抬起頭來，露出燦爛的笑容。
「嗯嗯，奴婢明白了，徹底明白了。」
「……妳明白了什麼？」
「奴婢明白了正妻生不出孩子，結果被妾奪走地位的心情。」
「妳還是什麼都沒有明白啊！」
誰是正妻！誰又是妾啊！
「奴婢就是因為生不出孩子！所以才不被武大人重視！」

完了，雨冬這傢伙真的壞掉了。

「武大人，咱們現在就來生！」

完全喪失判斷能力的季雨冬抓住我的衣領，從下方仰望我道：

「奴婢有信心，奴婢一定能生出比科塔更可愛的孩子！」

照常理說，女生主動要求生孩子應該是一件很讓人害羞的事，但現在瀰漫在我們兩人間的氣氛與其說甜蜜……不如說帶有一種咄咄逼人的肅殺感？

我趕緊伸手將身前的季雨冬推開道：

「妳冷靜點，雨冬！」

「奴婢很冷靜，奴婢已經決定孩子的名字了。」

「這也跳太多步驟了！妳到底是有多急！」

「若是女孩子，名字就叫『晴夏』，奴婢會把她當作姊姊大人的替代品來好好養育。」

「好沉重！妳的心意好沉重！」

「那叫『輕夏』。」

「不是改成這樣就會變得比較輕！」

「若是男孩子，名字就叫『武大人』。」

「就說這樣太沉重了！而且哪有小孩的名字叫作『武大人』的？」

「『武小人』。」

「這絕對會被霸凌吧！」

「這樣也不行，那樣也不行，武大人到底想怎樣！」

「我才想問妳到底想怎樣呢！」

「——奴婢想跟武大人生孩子啊！」

已經完全崩壞的季雨冬在我面前「撲通」一聲跪下說道：

「奴婢會加油的，拜託……拜託武大人跟奴婢生孩子。」

「…………………………………………」

「主人。」

葉藏靠到我身邊，在我耳旁悄聲說道：

「雨冬師父看起來好可憐喔。」

「……我作夢都沒想到，雨冬竟有被妳同情的一天。」

「她都這麼拚命了，你就別那麼堅持了，跟她生一下孩子，好嗎？」

「妳怎麼可以把這事說得跟去便利商店買東西一樣簡單？」

「有很困難嗎？」

葉藏微微歪著頭，疑惑說道：

「不就是晚上蓋被子，然後牽一下手，孩子就會生出來嗎？」

「……原來搞不清楚狀況的人不只一個啊。」

沒想到葉藏竟連基本的健康教育常識都沒有。

「我曾經跟葉柔一起實驗過，但不知為何沒有成功生出小寶寶。」

「我是該意外妳們覺得兩個女的可以生孩子？還是該意外妳竟然曾有過想跟親妹妹

生孩子的念頭？」

「聽說男女接吻也會懷孕——啊！」

像是想到了什麼，葉藏手指撫著柔軟的嘴脣，滿臉羞紅的說道：

「主、主人，我之前曾跟你接吻過，這樣有沒有關係啊？」

「————！」

季雨冬驚訝地抬起頭來，顫抖的手指了指我和葉藏。

「武、武武武大人，葉藏剛剛說的接接接接吻是……？」

「……啊。」

——腦中閃過了之前被季秋人襲擊時，在逼不得已的情況下，用接吻喚醒葉藏的畫面。

我不由得將臉轉開，避開季雨冬的視線。

「嗚……」

跪倒在地的季雨冬號啕大哭！

「嗚啊啊啊啊啊啊啊啊啊啊啊啊啊啊啊啊————！」

Chapter 2 最強的人類

「抱歉，奴婢失態了。」

經過我拚命的解釋後，季雨冬總算是解開了誤會。

葉藏因為去外頭修練的關係，暫時出了門，可能因為想救回科塔，最近她似乎很努力在鍛鍊自己。

我和季雨冬兩人在房間中獨處，四目相望。

臉上依然有淚痕的季雨冬伏在地上，向我說道：

「剛剛真是抱歉，武大人。」

「也沒什麼好抱歉的——」

「奴婢沒想到那個沒自信、表面上看似人畜無害、只想當人奴隸的葉藏，其實根本不是這麼回事，奴婢為自己沒有識破葉藏的虛偽感到非常抱歉。」

「若妳剛是在心中那麼評價葉藏的，那妳的確是該道歉沒錯。」

「坦白說，要是武大人沒有解開誤會，奴婢接著就會去跟葉柔告白了。」

「葉柔？怎麼突然說起她了？」

「葉藏不是很重視她的妹妹葉柔嗎？」

「嗯。」

「所以，奴婢是這麼想的：既然葉藏搶走武大人——」

眼神變得黯淡的季雨冬豎起一根手指說道：

「那奴婢也只好搶走她最珍愛的人了。」

「妳說的話真的是越來越可怕了！」

「放心吧，武大人，奴婢就算跪在地上，也會求葉柔愛上奴婢的。」

「妳這做法到底哪一點可以讓我放心了？」

「葉柔這麼善良的孩子，一定會輕易上鉤的，奴婢在這方面可是專家。」

「什麼樣的專家？」

「『把自己弄到慘不忍睹引發他人同情，接著藉機達成自己目的』的專家。」

「……我第一次聽到這麼不忍卒睹的專家。」

「謝謝武大人。」

「不……我剛並不是在誇讚妳……」

「雖然一直以來都是妹妹角色，但為了擄獲葉柔的心，奴婢會使出渾身解數模仿葉藏，扮演一個稱職的姊姊的！」

「妳打算怎麼做？」

「首先第一步——把自己變成廢物。」

「妳根本就是在針對葉藏，對吧！」

「奴婢不是在針對葉藏，奴婢只是覺得廢物比較適合當葉柔的姊姊而已。」

「我現在確定妳是在針對她了。」

根本句句帶刺啊！砲火猛烈到我都不禁發抖了。

我撫著額頭，有些頭痛地說道：

「我說啊……才過沒多久，妳的性格轉變也太大了吧？」

「會嗎？」

季雨冬微微歪著頭，疑惑說道：

「奴婢的基礎性格是『獻身』，那麼這樣的表現一點都沒偏離角色設定吧？」

「不不不，妳剛剛的表現究竟跟『獻身』的關聯性在哪兒？」

「有啊，獻出自身——」

季雨冬腰桿挺直，撫著胸膛說道：

「『自爆』。」

「………………」

看著跪坐在我面前一臉得意的季雨冬，我忍不住將目光放遠，開始反省至今為止的所作所為。

我現在走的道路真的是正確的嗎？

一定是我做了什麼不對的選擇，所以才讓季雨冬變成這副慘不忍睹的模樣，對吧？

「不過說到葉柔，她怎麼沒過來？」

「當人類和病能者戰爭發起時，我們一行四人不是到處拯救病能者嗎？」

「嗯。」

「若是連葉柔都上來『和』，那麼那些被拯救的人，不就沒人照顧和領導了嗎？為了那些病能者，葉柔留在了下方。」

季雨冬露出敬佩的神情說道：

「她真的很不簡單，明明人數上有著巨大差距，但在她的運作下，竟拖慢了『滅蝶』統治世界的腳步。」

「曾身為『族長』的她，確實是很適合帶領大家。可是……」

這次的危機，和葉藏跟院長有關。

身為院長女兒的葉柔，要是沒有參與到——

「葉柔說：『我相信姊姊和季武哥哥。』」

我驚訝地抬起頭來。

彷彿化身成了葉柔，在我面前的季雨冬閉上眼，以嬌怯的語氣說道：

「『所以，後方就交給我吧，我會代替你們照顧好大家的。』」

「嗯……」

雖然不是葉柔親自說出這些話，但季雨冬模仿的語氣和表情十分到位，把葉柔的心意完整傳達了過來。

我彷彿看到葉柔在我面前露出微笑，輕輕對我這麼說道——

——媽媽就交給你們了。

我想，她可能很想趕過來吧——不，她怎麼可能會不想過來呢？

但是，她最後還是選擇了相信我和葉藏，留在了下方那亂糟糟的世界中，為我們照顧那些被迫害的病能者。

她果然是個了不起的人物。

「接著輪到你了，武大人。」

季雨冬以跪著的姿勢逼近到我的面前，以燦爛的微笑說道：

「這一個月發生了什麼事，請武大人詳細跟奴婢說清楚。」

「我知道了——」

「絕對不要漏掉任何細節喔。」

「…………」

「要是有所隱瞞……」

季雨冬手撫著臉頰，以燦爛無比的笑容緩緩說道：

「奴婢不知道會做出怎樣的事喔。」

「小的必定會鉅細靡遺地好好說明。」

面對那個讓我冷汗直流的笑容，我不由得低下了頭。

「那麼，整理一下現狀。」

聽完我的說明後，跪坐在地上的季雨冬豎起手指說道：

「一、這裡名為『和』，是『滅蝶之國』的首都，裡頭生活的都是仇視病能者的普通人。」

「沒錯，人口約有二十萬，每位居民除了仇恨病能者外，也都極為崇敬院長。」
「二、『和』是座巨大的空中島嶼，而其動力來自於中央的『設施』。」
「『設施』裡頭裝滿了『幻肢殭屍』，靠著這些殭屍產生的病能，『和』浮在空中。」
「三、『幻肢殭屍』的病能名為『幻痛再生』，可以藉由人的心痛，復甦死去的人。」
「復甦的死者並非幻覺，對擁有這心痛的人來說，復甦的人就像真實存在於世一般。」
說到此處，我的腦中浮現了之前進入「設施」時，出現在我面前的季曇春。我能與她對話、能與她進行身體接觸——也能再次殺了她。
「四、最後，院長運用了『她的死亡』和『幻痛再生』，占據了科塔的身體。」
「沒錯，那是個非常漂亮的計策，利用我和葉藏的心痛，院長成功以人類的姿態重現於世。」
「嗯……」
季雨冬皺起漂亮的細眉說道：
「總覺得……整件事很違和。」
「怎麼說？」
「院長的行動不太自然……甚至可以說非常古怪。」
季雨冬說到此處後便不再言語，閉上雙眼的她雙手交握放在膝上，沉入了自己的思緒中。

看著宛如水墨畫般美麗的季雨冬，我因為另一個理由而陷入了沉默。

——季雨冬真的不一樣了。

她會因為我和葉藏的事失去冷靜，也會因為心中的不滿而吐出尖銳的話語。

比起以前總是戴著一層婢女的面具，此時的她更像是個有血有肉的女孩。

而且——

「總覺得……她的身上，散發著些許晴姊的感覺。」

我以季雨冬聽不到的聲音小聲呢喃。

她的面容本就跟季晴夏一模一樣，而此時專心解開難題的她，身上的氣息更是與季晴夏十分相近。

打破牢籠的季雨冬，終於不再被動的接受一切，而是開始主動採取行動。

多年前，在尚未成為婢女前，她曾想過要與季晴夏並肩。

我知道的，她正逐漸地重回過去的自己——重回那個身為季晴夏妹妹的她。

「奴婢現在最想知道的是……」

思考良久後，季雨冬緩緩睜開眼說道：

「占據科塔肉體，成為人類後，院長下一步想做的是什麼？」

「她的目的始終只有一個，那就是『世界和平』。」

「所以，她接著應該是要統治世界囉？」

「看起來是這樣沒錯。」

院長本來只占領了一半的世界，但就在她成為人類後，她加速了侵略的腳步，不過才短短一星期，戰火就遍及了全世界。

未被統治的人們雖奮力抵抗，但「滅蝶」的人擁有遠超出他們想像的病能武器，看來世界要完全落入院長手中，只是時間的問題。

「可是，若真要統治世界，維持之前虛擬的姿態比較好吧？」

季雨冬提出了和我之前一樣的疑問。

「虛擬院長是無人可觸及的存在，也沒有任何人能傷害她，電腦形態的她，明顯比科塔形態的她要強多了。」

「本來是虛擬程式的她，有著『主機』——也就是『本體』這個弱點。說不定是為了消除這個弱點，她才選擇變成科塔院長——」

「不可能。」

季雨冬斷然否定我的話。

「因為變成人類後，她的弱點反而更多了。」

「……妳說得對。」

變成人類後，院長有了生理上的限制。

她再也無法進出電子裝置，任何人都能輕易背叛、殺死她。

「科塔是『死亡錯覺』的病能者，或許是為了占據這個力量，所以才——」

「這也不對。」

我的推測再度被季雨冬打斷。

「現在的院長絕對無法使用『死亡錯覺』。」

「為什麼？」

「維持院長這個存在的基礎——或者說是『根基』的是什麼呢？」

「『僅存實話』的設定。」

院長絕對不會說謊。

這是她唯一的武器，也是她絕對的武器。

「那麼，若是院長使用了科塔的力量，那會如何呢？」

「嗯……？」

「要是院長用了『不是她的力量』，那會怎樣呢？」

「死亡錯覺」是科塔的力量。

「僅存實話」則是院長絕對不能違反的規則。

「啊，原來如此。」

我握拳拍了一下手掌，總算明白季雨冬想說什麼。

「若是用了『死亡錯覺』，就等於是在『說謊』。」

因為，院長不該有這樣的力量。

就算外觀和肉體是科塔，她也不會允許自己使用這股力量。

她不是「不會使用」，而是「不能使用」。

「等一下……」

我突然察覺了一件驚人的事。

「所以，現在的院長不過是——」

「不過是個普通人類。」

季雨冬正色說道：

「更精確的說，她不過是個只會說實話的小女孩而已。」

「也就是說，一個十歲又沒什麼力量的小女孩，現在竟站在世界的頂端？」

只要這個真相被大家察覺到，想必沒多久就會世界大亂吧？

外頭的敵人會想暗殺她，就連「滅蝶」裡頭的人都有可能心生不服。

「所以，奴婢才說這個狀況非常古怪。」

季雨冬下了最後的結論。

「因為，院長讓自己置身於險境中，不管什麼時候死去都不意外。」

「真是厲害……」

「嗯？」

「真是太厲害了，雨冬！」

看著眼前的季雨冬，我不由得發出讚嘆之聲。

「不過憑著片斷情報，就能推斷到這個地步，妳的聰明才智遠遠超過我的想像啊！」

「武、武大人，你、你太誇張了……」

不好意思的季雨冬舉起手上的袖子，遮住自己羞紅的臉龐。

「奴婢雖然知道疑點，但還未知道院長的計策全貌。」

「光是這樣就很不簡單了。」

聽完季雨冬的整理和分析後，本來不知從何下手的我，就像撥雲見日般，見到了前行的道路。

「院長不會做無意義的事。」

因為，她只會說實話。

她不會迷惘、不會猶豫。

無法說謊的她，從一開始就沒有選擇。

她只會以令人害怕的筆直步伐，往她想要的目標邁進。

「所以，只要確切知道不協調的地方，就有很大機會知道她想做什麼。」

院長變弱了，毫無疑問的變弱了。

她處於誰都殺得死的危險狀態。

「『院長究竟為什麼要變成人類？』——奴婢認為，這就是一切的關鍵所在。」

一定有什麼事，是變成人類才能做的。

一定有什麼計策，是變成人類後才能實行的。

一定有什麼實話——

——是必須用人類這個存在，才足以構築成謊言的。

「『變弱』、『僅存實話』、『易於殺死』……將這些要素組合在一起後，顯示出的真相就是——」

就像被電到一般，季雨冬猛然抬起頭來。

「奴婢……似乎知道了。」

「真的嗎？」

——一個無力的聲音，毫無徵兆的出現在我和季雨冬的身旁。

這道聲音插入的極其自然，讓我和季雨冬在第一時間都沒發覺。

就像一開始有三個人在聊天，我們順其自然地談了下去。

「奴婢知道院長想做什麼了，其實，這道謎題根本就不難解。」

「什麼意思？」

陌生的聲音繼續追問。

「院長之所以沒有除掉葉藏和武大人為的也是如此。」

季雨冬指著我說道：

「因為，若是除掉了你們，她就不能——咦？」

說到一半的季雨冬發出驚愕之聲，總算發現不對勁。

我們同時轉過頭去，結果發現不知何時，一個穿著連身外套、戴著項圈，睡眼惺忪的瘦小女性竟坐在了我和季雨冬身邊。

「你好你好，兩位好。」

她毫無緊張感的向我們豎起手掌，打起招呼。

「我是院長派來的，名叫雲悠然。」

「………………」

「呼啊～～～」

面對我和季雨冬戒備的目光，雲悠然一點反應都沒有。

她打了個大大的呵欠，揉了揉因為呵欠泛出的眼淚，像是很想睡的模樣。

我默默地伸出手去，將季雨冬拉到我身後。

「……妳這傢伙是怎麼進來的？」

「嗯？不就普通的打開門後走進來？」

「……不可能。」

這些日子我因為害怕院長前來襲擊我們，一直常駐兩感共鳴在身上。

感知力比任何人都敏銳的我，不可能沒察覺到她開門，也不可能沒發現她走進來。

「事實就是如此，我可沒說謊。」

雲悠然指了指已經敞開的房門說道：

「說謊太浪費卡路里了，這種事我才不做呢。」

我看著一臉悠哉的雲悠然，感到有些混亂。

……這傢伙是怎麼回事？

她說她是院長派來的，所以理當是我們的敵人。

但她身上完全沒有殺氣，也沒有和葉柔初見面時，那種讓人寒毛直豎的危險感。

「三感……共鳴。」

我提高了病能。

但就算使用病能，我也無法從雲悠然身上感測出更多東西。

——她就是個穿著黑色連身外套，戴著項圈的女孩子。
除此之外什麼都不是。
但知道這事實後，我反而陷入了更深的混亂中。
因為，院長絕對不會派一個普通的女孩子過來。
「不，我就只是個普通人而已。」
彷彿看穿了我的心思，雲悠然向我露出微笑。
「我的身上，沒有任何病能。」
「妳沒有病能？」
「是啊～～～」
「那麼，妳是怎麼做到進到這房間，然後不被我察覺的？」
「我剛不就說了，普通地打開門走進來啊。」
雲悠然手指抵著嘴脣，露出「我不是好好說明過了，為什麼還不懂」的疑惑表情。
好古怪。
完全看不出這人想做什麼。
這種不舒服的感覺，就像是喉嚨卡了一根隱形的魚刺。
「總之，回到原本的話題。」
就像是在閒話家常一般，雲悠然轉向季雨冬的方向說道：
「妳果然如院長說的，是個危險的存在，所以不好意思，我必須殺掉妳。」
雲悠然的語氣非常平板，一點認真的感覺都沒有。

即使是季雨冬也無法明白雲悠然到底想做什麼，於是，她忍不住反問道：

「妳是真的想殺了奴婢嗎？」

「坦白說，完全不想。」

「…………」

「啊～～老實說我一點幹勁都沒有。」

雲悠然雙手垂下，雙眼半睜說道：

「但是，總有種感覺……現在這樣做比較好。」

「什麼意思？」

「我的『直覺』告訴我：季雨冬必須死。」

「『直覺』？」

「是的，就是『直覺』。」

雲悠然以再認真不過的模樣緩緩說道：

「我心中不祥的預感不斷對我說道：若是季雨冬不死——

——那麼足以毀滅人類的悲劇將降臨。」

聽到雲悠然嚇人的宣言，我啞口無言。

但不管等待多久，雲悠然都沒有進一步解釋。我不禁向她問道：

「……就因為『直覺』、『預感』那種虛無縹緲的事物，妳要殺了季雨冬？」

「你知道嗎？至今為止，我的直覺從沒失誤過。」

就像是想要將雙手搓熱，隔著外套的袖子，雲悠然雙手互搓說道：

「我這個人沒有動機、沒有目的、沒有善惡，但是，我比誰都還像個人類。」

雲悠然緩緩向季雨冬走來。

「我完全遵循人類的感覺而活，我是個再純粹不過的人。」

她朝季雨冬伸出手——

「等一下，不准靠近雨冬——」

——砰！

就在我開啟三感共鳴想要阻止她的瞬間，我的世界上下顛倒了！

等到倒地的那刻，我才發現我被雲悠然給翻了個四腳朝天。

雖然有著些許大意的成分，但三感共鳴的我，竟連她怎麼翻倒我的都沒察覺。

我掙扎著爬起身來，不可置信地問著站在我面前的雲悠然：

「妳、妳究竟是誰？」

「我剛不是自我介紹了嗎？我叫雲悠然。」

就像是臨時想到了什麼，雲悠然彈了一下手指。

「啊，對了，雖然不是很重要，但院長似乎也曾這麼稱呼我——」

打了一個大大的呵欠後，雲悠然緩緩說道：

「那就是『最強的人類』喔。」

雲悠然全身都是破綻。

她沒有如葉藏一般強大的肉體，也沒有葉柔那般高超的武技，更沒有如我一般那樣適合戰鬥的病能。

呆呆站在那邊打呵欠的她，不管從哪個角度看都是個嬌弱的女子。

「呼啊～～～」

雲悠然又打了個大大的呵欠。

「……妳真的想跟我打嗎？」

雖然問對手這個問題很怪，但我實在忍不住。

別說殺氣了，雲悠然看起來連意識都快消失了。

她的身體左搖右晃的，以像是要睡著的模樣說道：

「我問你喔，你會讓我殺了季雨冬嗎？」

「……當然不會。」

「我想也是，唉……真麻煩，那我不是只能跟你打了嗎？」

雲悠然一邊無可奈何地這麼說，一邊朝我緩緩走過來。

——來了！

我不知道她是不是最強的人類。

但只要將所有注意力都放到她的身上，我一定能解析她的祕密。

「我要～～出右拳打你囉～～～」

雲悠然一邊這麼說，一邊以極慢的速度朝我的臉緩緩揮了一拳。

雖然看起來毫無緊張感，但這動作一定有其用意。

我繃緊全身！

為了理解雲悠然是怎樣的存在，這裡還是先硬吃一招吧——

——噗妞。

一陣柔軟的觸感襲擊我的左臉頰。

宛如被布偶砸到，雲悠然包著袖子的拳頭就這樣停在我的臉上。

「…………」

我呆然站在原地，完全說不出話來。

「——武大人，你還好嗎？」

可能誤以為我受到了什麼嚴重的傷害，季雨冬不安地問道。

「我沒事……」

應該說……完全沒事。

雲悠然給我的傷害根本是零。

我伸出手去，試著扣住雲悠然的手碗——

在這短短的零點幾秒中，我的腦中不斷運算各種狀況。

她或許會掙扎、或許會反擊，甚至有可能拿出隱藏的武器。

但是，我的計算全然落空。

「嗚啊～～被抓住了～～～」

——我輕易地抓住了她。

這過程順利無比，完全沒遭遇任何抵抗。

「妳這傢伙……到底是怎麼回事？」

「什麼怎麼回事？」

雲悠然以悠哉的語氣如此問道。

「妳到底有沒有心要跟我打？」

「有啊。」

——砰！

就在她說完話的瞬間，我的世界再度上下顛倒！

雖然這次差點又沒看清楚，但因為有了心理準備，我知道剛剛發生了什麼事。

雲悠然被我扣住的手轉了一個小圈，這股巧勁讓我不由自主地失去重心，往下倒去。

「喝！」

就在著地前的那刻，我朝下揮下右手！用足以將地板拍碎的力道用力一拍！打算藉著拍擊的力道躍起身來！

但就像早就料到我會這麼做，在我騰空的那一剎那，雲悠然切到我身體下方，用雙手拖住我的身體，將我躍起的力道加了許多倍！

就像陀螺一般，我在空中不斷旋轉！最終再度失去平衡地倒在地上。

趴在地上的我，訝異地抬起頭看著站在我面前的雲悠然。

「合氣道……」

「竟然是合氣道。」

合氣道是一種借力使力的武術。

講究的是不使用自身的力道，而是使用敵人的力量。

它必須事先看穿敵人的動作，接著再偏移對方的力道，使敵人失去平衡。

若是合氣道的高手，甚至可以做到幾乎不使力，就破壞對方的重心。

「但是，不管是怎樣的武術，在我的病能前都沒有用。」

就在這刻，我確信了我可以打贏雲悠然。

戰鬥是有相性的，若她真如所料是個合氣道專家，那她必定無法在這場戰鬥中得勝。

我睜大雙眼，將雲悠然的身體映入眼中。

我再度伸出右手拍向地板，躍起身來！

雲悠然往前踏了一步。

就在這電光石火之際，我的病能產生了作用！

——分析她的呼吸！

——分析她的肌肉和骨骼！

——分析她身體的生理情報。

這些訊息在我腦中整合在一起，使雲悠然未來零點幾秒會採取的行動被我預知到。

她一樣會切到我身後，用雙手托住我的背，加強我躍起的力道，讓我像剛剛一樣失去平衡。

——啪！

我伸出左手去，打落雲悠然伸到我背後的雙手！

失去她的干擾，我一個空翻後落到了地面上。

這次，我總算在她面前站穩了腳步。

「喔喔……」

看到我順利著地，雲悠然一點懊惱的模樣都沒有，相反地，她「啪磯啪磯」地不斷鼓掌，像是很佩服我。

「……奇怪的傢伙。」

搞不清楚她是強是弱，也搞不清楚她在想什麼。

這種感覺……對。

——就像是跟「雲」在打鬥一般。

看得到卻摸不著，看似很接近但其實很遠。

「果然，一般的狀態贏不了你啊。」

雲悠然露出微笑說道：

「那麼，『變身』後的我，你能應付嗎？」

「變身？」

「小心點，別被我變身後的模樣嚇到喔。」

果然……剛剛那股悠然的模樣都是裝出來的嗎？

我擺出架勢，小心戒備。

「哈啊～～～～～～～」

雲悠然低下頭，深吸一口氣！

就讓我見識看看吧。

被院長譽為「最強人類」的存在，究竟有怎樣的本事——

「戴上帽子！」

雲悠然戴上了連身外套的帽子。

「伸出手手！」

挽了挽長長的袖子，雲悠然將一直藏在袖子中的手露了出來。

「變身完成，雲悠然（強）——颯爽登場。」

「……………………」

看著擺出「白鶴掠翅」姿勢的雲悠然，我陷入了沉默。

「如何？嚇到了嗎？」

「嚇到了……」

差點嚇死。

這麼無所謂的變身是怎麼回事？看起來根本一點改變都沒有吧？

還是這是她的策略，為了讓我放鬆對她的戒心？

「算了……別想太多。」

我搖了搖頭，將腦中的雜念趕走。

只要我能用病能讀取雲悠然的行動，她就絕對不可能打贏我。

就像現在這般——

她打算往前踏一步，伸出雙手抓住我的右手。

那麼，只要後退拉開距離就好——

「咦？」

——砰！

我仰天倒在了地上。

「怎、怎麼會這樣？」

就在我以為要避開雲悠然的瞬間，她的腳朝我後退的腳伸了過來。

這個時機堪稱絕妙，只不過是輕輕一絆，就讓我完全失去了平衡。

但最讓我驚訝的並不是她能將我摔倒，而是雲悠然這個伸腳的動作，事前完全沒有任何徵兆。

「不對，一定只是我一不小心漏看了！」

我爬起身！朝雲悠然揮出右拳！

運用病能，分析她的思考和身體情報。

雲悠然未來零點幾秒會採取的行動再度出現在我腦中！

——她打算朝左閃避，然後用雙手抓住我的右拳。

那麼，我該採取的對應就是——

——砰！

我再度摔倒在地上！

「…………」

以大字型躺在地上的我雙眼圓睜，簡直不敢置信。

這次我連自己怎麼被摔倒都沒看清。

為何？

為何她採取的行動和我預測的全然不同？

「那麼……我不再預測了！」

我再度站起身來。

她一定使了什麼詭計，讓我得到了錯誤的身體情報。

但就算不預測她身上的情報，我也有其他辦法能戰鬥！

「雲悠然，小心了！」

這次，換我深吸一口氣。

一開始時，我一直擔心會一不小心打死她。

但今天既然知道她是遠超乎我想像的高手，我就能放心地使出全力了。

躺在地上的我，朝雲悠然的左腳踢出一記緊貼地面的掃堂腿！

迴旋踢產生的風壓撕裂了空氣，揚起一陣劇烈的陣風！

要是真的踢實了，一定能將雲悠然的腳踢斷！

但是，雲悠然既不閃也不躲。

就像是完全知道我打算這麼做，就在我的腳要觸碰到她左腳的那刻——

雲悠然的左腳一抬一壓！

——喀！

不管是時機還是位置正好，我的右膝被這樣一踩，登時脫臼。

「嘖……」

運用病能掌控自己的肉體，我將脫臼的關節瞬間接回去。

既然右腳被雲悠然踩在地上，那乾脆——

「喝啊——！」

我右腳向上用力一抬！

「喔喔！飛起來了～～」

雲悠然整個人被我的右腳抬了起來，身體懸空！

「接招吧！」

有如暴風雨一般！

對著天空的她，我不斷地揮出我的攻擊！

拳打、腳踢、膝撞、肘擊、掌打、爪襲！

無止盡的襲擊籠罩了雲悠然的全身，光是這些攻擊所產生的風壓，就足以將她整個人停在半空中。

——喀！

但是，沒有一招奏效。

——喀喀喀喀喀喀喀喀喀喀喀！

宛如鞭炮一般，雲悠然的四周不斷響起清脆的爆炸聲響。

——那全都是我的關節脫臼的聲音。

拳打腳踢時關節被拉脫臼。

膝撞肘擊時肘關節被踢脫臼。

掌打爪襲時，則是所有指關節都被她彎斷。

「嗚……」

雖在脫臼的瞬間馬上用病能接回來，但這樣的疼痛和傷害不斷累積，還是讓我感到吃不消。

跟葉柔不同，雲悠然的動作並不神速，僅比普通人稍微快一些。

但是她對應的行動總是「恰到好處」。

明明我的動作遠超過人類反應的速度，但她總是能在最適宜的零點零幾秒中，打到我最為致命的點。

「難道……我才是被掌握的那方？」

我雖然體能和力量遠超一般人，但我依然是人類。

就算揮拳速度再快，我的揮拳姿勢仍跟一般人並無二致。

我無法做出跳脫人體範疇的動作。

而雲悠然的行動，就像是完全預測到了未來。

她知道我會採取的下一步，於是在我無法轉換動作和重心的瞬間，祭出我難以抗衡的反擊。

——砰！

就在雲悠然從空中落地的瞬間，我再度被雲悠然的腳勾倒，背部著地。

「完美反擊……」

她剛剛的一連串防禦，讓我不自覺地吐出這樣的感想。

宛如藝術一般。

她弄脫我關節的軌跡洗練得讓人害怕，完全沒有任何一絲一毫的多餘之處。

「但是……一個沒有異能的普通人類，究竟是怎麼做到這事的？」

就算是合氣道的專家，也不可能做出超越我的預測啊？

「不不……」

彷彿看穿我心聲的雲悠然搖了搖手說道：

「預測和分析我都沒做喔。」

「……」

這還是我第一次遇到的狀況。

在過去，只要開到三感共鳴，就算處於劣勢，我仍有一定的反擊能力。

但現在的我，連為何處於劣勢都不明白。

「那麼——如果這樣呢？」

若是妳看不到我，那妳依然可以做出這麼完美的對應和反擊嗎？

「四感共鳴！」

倒在地上的我再度用手拍地板，這次我在大理石地板上打穿了一個手掌印！

藉著這個巨大的力道，我像顆子彈一般撞到了天花板中！發出砰的一聲巨響！

「去死吧！」

若妳真的如妳所說是普通人類，那妳一定無法與我這招抗衡！

——啪！

腳下使力，我在天花板蹬出了一個深深的腳印！往雲悠然身後的牆壁躍了過去！

——啪啪！

我用雙手拍了一下牆壁，躍到了另一個方向！

——啪啪啪啪啪啪啪啪啪啪啪啪！

地板、牆壁、天花板——狹小的飯店房間中，不斷出現我的手印和腳印！

就像彈力球一般，我在雲悠然的四周不斷彈跳！

面對這樣的絕境，雲悠然什麼都沒做，只是呆呆站在原地。

接著，她緩緩閉上了眼，宛如陷入了沉睡。

雖然對她的行動感到怪異，但我依然沒有停止彈跳的動作。

力道不斷地向上加乘，我的速度越來越快！

這是遠超過人類反應的速度！

正常人甚至連我的身影都看不到。

就算妳再會借力使力，若是連碰都碰不到我，妳也拿我沒轍。

所以，這招必定能——

「將軍。」

我的眼睛面前，突然出現了兩根如玉蔥般的手指。

這個時機太過絕妙，面對雲悠然的手指，我無法轉彎也無法進行反擊。

我唯一能做的只有一件事——

將兩隻腳深深踩進地板中，我拚盡全力煞住了前進的勢頭！

——砰！

猛然停止所產生的風壓，就像颱風一般颳破了飯店房間中的所有窗戶！

「你輸了，季武。」

雲悠然伸出的雙指，就這樣停在我的雙眼前方僅僅半公分的距離。

要是我沒及時煞住腳，我就要被她刺瞎了。

「等一下，我還沒——」

「你想說『我還沒輸』是嗎？」

「——！」

「在說話的同時，你打算——」

我踢起的左腳被雲悠然用手指在側面一推，「呼」的一聲從她頭上掠過。

「——用左腳踢我的右側身體？」

我動作都結束了，雲悠然的話才說完。

「接著你大概會往後退一步。」

因為時間完全重合，我就像遵照雲悠然指示般退後一步，她伸腳一勾，我毫無抵抗地跌倒在地。

倒在地上的我呆呆地看著閉眼站著的雲悠然，開口問道——

「『妳、妳能預知未來嗎？』——你是不是打算這麼說？」

「…………」

全部……都被她說中了。

這是場奇怪的戰鬥。

到頭來，我根本不知道她做了什麼。

我甚至不覺得我已經輸了。

但是，就像深陷雲中。

我直覺地瞭解到了——

不管我做什麼都沒用。

不管往哪裡走，我都在雲中。

而已經深陷其中，所以我才連她的全貌都看不清。

我跟她的差距，就是如此之大。

「妳……真的是普通人類嗎？」

「我說過了，我只是普通人。」

閉著眼睛的雲悠然緩緩睜開眼，摸了摸脖子上的項圈說道：

「只是，我好像從來沒輸過就是了。」

Chapter 3 這次，僅有實話

我將雙手交握，使盡全力往飯店地板砸去！

——轟！

就像被炸彈炸開！整個地板轟然崩塌！

「快走！雨冬！」

我在碎裂的石頭中不斷跳躍，抱起了浮在空中的季雨冬！

我第一次瞭解了，這是個無法抵抗的對手！

接著，我要盡全力逃走！

「別想走。」

在空中的無數亂石中，雲悠然向我走來。

一步一步——毫無滯礙的行走。

為了拖住她的腳步，我把整個房間地板砸爛，但就算沒有地板，雲悠然的行走仍一點影響都沒有。

彷彿石塊被她的腳底吸引，只要她踏的地方，必定有石頭讓她借力。

就算原本是空處，但只要她邁出腳步，她的底下就會時機正好地出現石塊。

我不由得懷疑，她是早就知道石塊下一秒會到哪裡才伸出腳的。

「不過，來不及了！」

就算妳可以直線朝我們前進，妳離我們還有十公尺這麼遠。

我們身後就是窗戶，只要跳出窗外，我和季雨冬就能到空曠的街上。

體能遠超常人的我跑起來，一定不會被妳追上——

「武大人！小心！」

季雨冬的聲音讓我反射性低下頭，閃過了從頭上削過的大石頭！

我將視線轉向前，只見在空中的雲悠然，背抵著一塊遠超過她身高的大石頭——

「嘿！」

大石頭被她過肩摔後，朝我們疾速飛了過來！

「這都是什麼跟什麼啊！」

我第一次看到石頭被過肩摔啊！

重達三百公斤的石頭迅速填滿了我的視野，我趕緊揮出正拳，將襲來的大石頭打碎！

我以為空中行走和石頭過肩摔已經夠扯了，但是雲悠然總是能超乎我的想像。

石頭碎裂後，出現在我面前的是令人難以置信的情景。

雲悠然不斷伸手出腳，將石頭拉到她身邊。

接著她不斷碰觸、調整那些石塊，移轉它們的重心，將它們下墜的力道轉為橫向。

「咕嚕咕嚕～～」

配合著雲悠然口中的音效，先是一顆石頭轉了起來，接著是第二顆、第三顆——

最後，所有石頭就這樣轉了起來。

不只是自轉而已，還有公轉。

無數大、小石塊以雲悠然為中心點，不斷繞著圈。

宛如雲悠然是恆星，而那些石塊是繞著她轉的行星。

再會運用巧勁也該有個限度吧！那些石塊少說也有上百顆耶！

「等一下……」

我突然意識到一件極其不妙的事。

若是那些石塊全都往我和季雨冬這邊砸來——

「快逃啊，武大人————！」

季雨冬著急的聲音將滿頭冷汗的我拉回了現實！

發動四感共鳴，我以最快的速度往身後的窗戶跳去！

「接招吧～～石頭機關槍～～」

隨著雲悠然毫無緊張感的聲音，這些沉重的石塊以子彈般的速度向我們襲來！

轟隆隆——

彷彿怪物怒吼的破空聲占據了整個世界！

天搖地動過後，無數劇烈的爆炸響起！

不只我們住的飯店被這些石頭打到崩解，就連飯店對面的大樓都被打得千瘡百孔，頹然倒塌！

無數的碎石和塵土淹沒了我們三人！

「那到底是什麼怪物啊！」

渾身塵土的我以公主抱的方式抱著季雨冬，在街上疾速跑著！

「強成這樣，竟然只是個普通人？這到底叫人怎麼相信的好。」

「——『未來窺伺』。」

「什麼？」

我懷中的季雨冬，突然說了一個我沒聽過的詞。

「看到她戰鬥的樣子，奴婢才終於想起來雲悠然是怎樣的人。」

「妳竟然認識她？」

「因為，姊姊大人曾調查過她，並留下了大量資料。」

「晴姊……？」

我露出訝異的神情。

若雲悠然是連晴姊都留意過的人物，那就表示一定遠超乎我的想像。

「姊姊大人留下的資料中，記載了許多雲悠然的別號，剛剛奴婢說的『未來窺伺』就是其中之一。」

手抵著嘴唇，季雨冬一邊沉吟一邊說道：

「嗯……其他還有『先行者』、『直覺異常』、『絕對第六感』——不過最讓我有印象的還是這個——

「──『世界的奴隸』。」

「世界的……奴隸？」

聽季雨冬這麼說，我的腦中閃過了雲悠然脖子上戴的項圈。

「武大人，雲悠然是和你相反的存在。」

「相反？」

「武大人靠五感相連、共鳴，擁有超乎常人的感覺，並以此進行分析和戰鬥，但雲悠然恰巧與你相反。」

季雨冬指著臉上的眼睛和鼻子說道：

「雲悠然戰鬥時，是把五感都封起來的。」

「──咦？」

季雨冬的話讓我吃驚不已。

仔細回想，在剛剛戰鬥的時候，她確實有些時候會閉上雙眼。

所以戴上帽子……是為了盡可能遮住自己的聽覺囉？

「武大人開啟越多感官共鳴越強，但雲悠然是封閉越多感官越厲害。」

「不對啊！若是沒有知覺，那她是靠什麼在戰鬥──」

「靠『第六感』。」

「──第六感？」

我再度因為季雨冬的話張大嘴巴。

「正常人類不是有『五感』嗎？」

「妳是說『視覺、聽覺、嗅覺、味覺、觸覺』嗎？」

「是的。」

季雨冬繼續揭曉雲悠然的祕密。

「人類靠著五感感知外在事物，若是將五感封住，人類將什麼都無法察覺。但是雲悠然不一樣，即使將她的五感全然封鎖，她依然能行動如常，甚至狀況比有五感時更好。」

「等一下！」

感到有些不可置信的我按著額頭問道：

「用五感以外的方式去感知外在事物，具體來說是怎麼做到的？又是用哪裡去感知的？」

「奴婢也不知道。」

「……」

「第六感又名『超感官知覺』，顧名思義，就是超越感官的知覺。在某些地方，第六感被稱作『ESP』，也就是『超能力』。這是人類尚未研究成功的領域，也是無法以任何理論說明的能力。」

——我完全遵循人類的感覺而活，我是個再純粹不過的人。

我的腦中閃過雲悠然的話。

感覺、直感、直覺——

原來……這些指的都是她身上的第六感啊。

「人不是常說『我有不妙的預感』或是『我覺得今天會發生好事嗎』？明明沒有看到實際上的證據，卻會有著超出合理範圍的預感，雲悠然的第六感，大概就類似如此，只是比一般人強上千倍、萬倍而已。」

「這種能力……真的有可能存在在這個世上嗎？」

「有可能。」

季雨冬毫不猶豫的點頭說道：

「至今為止，依然有許多不可解的現象存在於世，例如透視、念動力、未失準的預言等等，仔細想想，那些先知或是特異者，說不定都是第六感強些的人而已。」

「所以，雲悠然之所以能在我未發覺的狀況下開門進來，是因為……？」

「人就算戒備再完全，意識也會因為眨眼和呼吸而有零點幾秒的斷點，她用第六感抓準了那個微小時機開門進來，讓武大人無法發覺。」

「雲悠然之所以能跳脫我的分析和預測……？」

「是因為她在跟你打鬥時，僅是讓肢體憑著反射和第六感去行動，與她的思考無關。」

「那她之所以可以擋下我超過人類反應的攻擊……？」

「她大概是以第六感抓準了武大人幾秒後會抵達的地方，預先到達該處等待武大人。」

「這究竟是怎麼樣的力量啊……」

既然無法以理論說明，也就代表無法分析和應對。

超能力——超出人類解釋範疇的能力。

「我該怎麼與這種ＢＵＧ般的存在對戰？」

「姊姊大人留下的資料中，也沒寫出解法。」

「……別跟我說她是連晴姊都無法處理的人。」

「至少目前有一點是肯定的——」

季雨冬指著前方說道：

「雲悠然雖然身上沒有任何病能，但她確實是『最強的人類』。」

順著季雨冬的手指，我看到了一個再熟稔不過的身影。

「你好你好，兩位好。」

站在我們前方的雲悠然向我們豎起手掌，一邊打招呼一邊說道：

「唉呀～～『感覺』你們會跑到這邊，就先到這邊等你們了，沒想到真的中獎了。」

「……就連我自己都不知道我會跑到哪裡啊。」

「我不是說過了嗎？」

雲悠然打了一個呵欠後說道：

「至今為止，我的直覺從沒失誤過。」

十分鐘後。

「……到底要怎麼樣才能從雲悠然手中逃走？」

使出渾身解數、費盡千辛萬苦，我第二度逃出了雲悠然的掌握。

我在「和」的街道中不斷奔馳，不管是我還是季雨冬身上的衣服都變得破破爛爛的。

我已經不奢求能打倒她了，只求能從她身邊逃走。

「她擁有的『絕對第六感』能輕易地找到我們，武大人，不如你停下腳步，儲存一些體力吧。」

「……妳說得對。」

我停下腳步。

反正不管跑到哪裡，都會被雲悠然的「絕對第六感」找到。

雖然這樣說很矛盾，但為了晚些被她發現，現在說不定不要逃跑會比較好。

我深吸一口氣，平穩自己的呼吸，同時放鬆雙手，想要將懷中的季雨冬放下——

「嘿咻。」

季雨冬雙手繞到我脖子後，雙腳也緊緊扣住了我的腰間，像隻無尾熊一般緊緊纏住了我的身體。

被她的重量拉得身體一斜，我只好再度用公主抱的方式抱穩她。

「那個……雨冬，妳在做什麼？」

「奴婢不想從武大人懷中離開。」

「……為何？」

「現在情況很緊急嘛，要是分開的話，說不定會死。」

「有這麼嚴重嗎？」

「奴婢說的是武大人會死。」

「為什麼是我！」

「若是武大人放下奴婢，奴婢會因為憤憤不平而在心中不斷詛咒武大人，甚至不排除半夜去釘武大人的草人。」

「我已經搞不懂妳到底是喜歡我還是討厭我了。」

「若是會一直抱著奴婢的武大人，那當然是喜歡的，至於沒抱著奴婢的武大人……去死算了。」

「──竟然叫我去死！」

「要是不想死就給奴婢抱穩點了，知道嗎？」

「這語帶威脅的話語又是怎麼回事？這世上哪有婢女會威脅主子的？」

「武大人說得是……」

像是意識到了自己的不對，季雨冬低下了頭。

「奴婢確實做出了不恰當的舉動。」

「我剛也不是責備的意思啦……」

「身為婢女，基礎精神是犧牲及奉獻自我，就算奴婢再想讓武大人抱，這種方式也太過分了。」

「妳明白就好。」

「若是婢女，真正適當的成熟應對應該是這樣——」

季雨冬抬起頭來說道：

「——要是武大人不抱奴婢，奴婢就自殺！」

「怎麼又是自爆！」

而且這到底哪裡適當，又是哪裡成熟了！

「抱則生，不抱則死——奴婢讓武大人像個主子般有主導權了，你可以自由選擇要不要抱奴婢。」

「這到底哪裡有主導權？聽起來根本就只有『抱』一種選擇而已吧。」

「奴婢可沒有威脅武大人喔。」

「這種話就是威脅者會說的話！」

「你有種就不要抱啊。」

「為何我要被嗆！」

「武大人就這麼不想抱奴婢嗎？」

季雨冬不滿地嘟起嘴說道：

「推三阻四的。」

「也不是這樣——」

「一個月了。」

「嗯？」

季雨冬豎起食指，低聲說道：

「分開都一個月了。」

「…………」

「這一個月來，奴婢每分每秒都在想武大人的事，就連作夢也全都是武大人。」

「……嗯。」

「奴婢很思念武大人。」

毫無掩飾的，季雨冬直直看著我的雙眼說道：

「奴婢真的很想很想你。」

此刻，我再一次驚覺到季雨冬的改變。

她不再隱瞞自己的心情了，就算那是婢女絕對不該吐出的話語，她也會順著心中的情緒將其擲出，不再壓抑。

我終於明白了，她剛剛那些話語並不是故意要給我困擾。

她只是分開一個月太寂寞，所以透過那種方式向我撒嬌而已。

季雨冬抱著我脖子的手稍稍緊了些，在我耳邊輕聲道：

「雖然知道抱著武大人，武大人休息的效率會降低，但奴婢就是想再抱一會兒。」

「我明白了。」

想通的我點頭答應道：

「不管妳要抱多久都隨意。」

「那奴婢就不客氣了……」

季雨冬將臉埋入我的胸口，一邊用柔嫩的臉頰磨蹭我的胸膛一邊說道：

「武大人的氣味……讓人好安心……」

——噗嗤！

我感到心中彷彿中了一箭！

——啊啊！

雖然表面上不動聲色，但我在心中發出無聲的慘叫！

——啊啊啊啊啊啊啊啊啊啊啊啊啊啊啊啊啊啊啊啊啊！

這個可愛的生物是什麼！是什麼啊！

根本是犯規吧！

不知道我心中正激動無比，季雨冬繼續說道：

「而且，現在奴婢有些不安。」

「為何呢？」

「奴婢有些在意剛剛雲悠然說的話。」

「哪一句話？」

「雲悠然她說——」

一陣風在此時拂過，揚起季雨冬身上的衣裳。

「——『季雨冬必須死』。」

也不知是錯覺還是剛剛那陣風，在我聽到這句話時，我感到脊背微微發涼。

但是，我仍強自露出笑容道：

「雲悠然確實說過這句話……但那又如何？」

「武大人，你還沒意識到嗎？光是從她口中說出這話，就代表事情有多麼嚴重。」

——至今為止，我的直覺從沒失誤過。

我的腦中，閃過了雲悠然常掛在嘴邊的話。

「她的能力名為『絕對第六感』，所以她感覺到的事，極有可能在未來成真。」

「妳的意思是……這就像是『預言』？」

「是的，雖然雲悠然看起來是那副模樣，但她的每句話，都不可以輕忽看待。」

因為感覺會實現。

因為她的直覺是百分之百準確。

因為她是世界的奴隸——世界的代行者。

「可是、可是若是如此——」

我記得……雲悠然除了剛剛那句話，還曾說過——

——若是季雨冬不死，那麼足以毀滅人類的悲劇將降臨。

「沒錯。」

像是做好覺悟般，季雨冬閉上眼緩緩說道：

「所以，在未來，極有可能出現奴婢必須死掉的狀況——」

「——開什麼玩笑！」

我大聲打斷季雨冬的話！

「怎麼可能、怎麼可能會有這麼蠢的事！」

絕對不可能！

季雨冬必須死掉？再怎麼樣都不可能會有這種狀況出現的！

「但是……」

心中這不妙的預感是怎麼回事？

我大力搖了搖頭，將這念頭甩開。

要是跟雲悠然一樣使用這種虛無縹緲的第六感，不就等於承認她說的話會實現嗎？

「放心吧，武大人，奴婢已跟過去不一樣了，奴婢絕對不會跟『家族之島』上一樣，採取自殘或是自殺的做法。」

「嗯……」

「奴婢答應武大人。」

就像是想要讓我放心，季雨冬伸手輕撫我的臉頰，露出笑容道：

「武大人曾為奴婢做了這麼多事，為了不讓武大人的努力白費，即使面臨再絕望的狀況，奴婢都會為了活下去拚命掙扎的。」

「我知道了。」

「但是，若真的奴婢非死不可——」

季雨冬抬起頭，以平靜無比的語氣和表情說道：

「奴婢希望不是被任何人絕望殺死——

「——而是幸福地死在武大人手中。」

看著季雨冬的微笑，我不禁陷入沉默。

我從來沒想過這個問題——或許該說是下意識逃避這個問題。

若哪一天，世界和季雨冬擺在天平兩端，而我必須選擇其中一邊時，我會怎麼做呢？

要是以前的我，一定會毫不猶豫選擇季雨冬。

因為我對自己沒有自信，不覺得自己能拯救世界。

但是，就在科塔被奪走的那瞬間，我下定決心了。

我想要和院長及季晴夏並肩。

我不再隨她們的計策起舞，我想要站在和她們對等的舞臺上。

但是——

「現在，你意識到了那代表著什麼意思。」

——天空一暗。

「想要和我和季晴夏一樣，就意味著你要背負世界，但是，這個世界需要拯救的人實在太多了。」

我和季雨冬抬頭一看，只見一片黑壓壓的蝴蝶機械人籠罩了天空。

「為了拯救人類，季晴夏製造了病能者，但她的做法，讓第三次世界大戰發生，人類與病能者間陷入了無止盡的戰亂中，就結果來說，她誰也沒救到。」

一個嬌嫩的聲音從空中逐漸朝我們靠近。

「為了拯救人類，我貶低、壓榨、仇恨病能者，建立了明確的階級之差，這使我統治的地方擁有了短暫的和平，雖本質帶著些許虛偽，但我畢竟拯救了一半的世界。」

各色蝴蝶排成了階梯，讓一個穿著華麗和服的嬌小女孩緩緩走了下來。

「就算你再強大，你依然無法拯救所有人——這是誰都不容質疑的真理。」

搖晃著身後的白髮，科塔院長在我和季雨冬面前，以端正無比的站姿佇立。

「季武，你沒有如季晴夏那般的智慧，也沒有如我一般的執念和設定。」

「啪」的一聲攤開扇子，院長露出了高雅的微笑向我問道：

「請你告訴我，當面臨無可避免的犧牲時，你又會怎麼做呢？」

超過身高的白髮、白金色的眼睫毛、嬌小瘦弱的身軀。

看著我面前那熟悉又親切的身影，我的心中五味雜陳。

不久前，這個人都還是科塔，但現在已完全變成了另一個人。

院長孤身一人，身邊一個護衛都沒有。

滅蝶者、統治一半世界的王、僅能說實話的小女孩，就這樣以毫無戒備的姿態站在我和季雨冬面前。

她到底想做什麼？

為何出現在這個地方？

這次，她又打算用怎樣的實話說謊？

「現在該怎麼做比較好……？」

我悄聲問著懷中的季雨冬。

「奴婢不知道該怎麼做，但是奴婢敢肯定有一件事是一定不可以做的。」

「是什麼？」

「那就是——『絕對不能殺了她』。」

「真不愧是季晴夏的妹妹，似乎看穿了我想做什麼呢。」

用扇子遮住下半部臉龐的院長，以清澈的目光看向季雨冬說道：

「果然就如我所想，妳會是我這次計策的最大對手。」

「奴婢名叫季雨冬，並不叫『季晴夏的妹妹』。」

「若捨棄了『季晴夏妹妹』這層身分，那妳根本毫無價值。」

院長吐出了犀利的實話說道：

「妳之所以被雲悠然追殺，被我所看重，並不是因為妳是季雨冬，而是因為妳是季晴夏的雙胞胎妹妹。」

「…………」

聽到院長這麼說，季雨冬咬著下嘴唇，一言不發。

在過去，她總是被當作季晴夏的附加品，為了保護自己的心不崩潰，她靠著拒絕所有期望，淪為了婢女。

之後雖有所改變，但院長此時的話，就像是揭起舊傷疤一般難受吧。

「雨冬。」

我抱著季雨冬的手用了些許力道，希望她能感受到我的支持。

「不管其他人怎麼說，在我眼中，妳一直是『季雨冬』。」

「嗯……謝謝武大人。」

季雨冬向我露出微笑，像是想告訴我，她已沒事。

她從我懷中離開，站到了我身旁。

「院長，妳說的一直都是實話。」

季雨冬面對院長說道：

「但是，就算僅被所有人當作季晴夏的妹妹，只要能幫助到武大人，那就算做為姊姊大人的幻影而活，也沒有關係。」

「真是自虐啊，被當作季晴夏的替代品，不是妳一直以來最介意的事情嗎？今天妳竟自願跳入泥淖中？」

「因為這是身為一位婢女該做的事。」

季雨冬用雙手打理自己身上的衣裳後說道：

「『僅存實話』是妳的設定，也是妳之所以強大的理由，但身為季雨冬，奴婢也有屬於自己的堅持。」

「喔？」

「奴婢願意為武大人存在，就算心中再難受，奴婢也願意為他成為任何模樣、做出任何事情。」

「這聽起來很美好，但是……」

院長收起扇子，打算用她的實話擊潰季雨冬：

「這樣的妳依然是婢女，依然深陷季晴夏的詛咒中。」

「這也是毫無疑問的實話，奴婢比誰都還明白，奴婢這輩子，大概都無法脫離姊姊大人的詛咒了。」

「因為妳也不願意離開吧，這是妳和季晴夏之間唯一的羈絆。」

季雨冬永遠對季晴夏擁有自卑，永遠追逐碰觸不到的姊姊。

季晴夏永遠對季雨冬懷有虧欠，永遠拋棄無法理解的妹妹。

這麼悲哀的羈絆，是這對姊妹唯一擁有的事物。

但是——

「現在的我，以深陷婢女的詛咒為傲。」

一道光突然從雲縫中灑落，照亮了季雨冬的臉龐。

「我過去成為婢女是為了逃避，但如今身為婢女是我的驕傲。」

站直身軀、挺起胸膛，季雨冬手撫著胸膛說道：

「就是因為身為婢女，我才有了為武大人獻身的資格。」

以閃閃發光的姿態，季雨冬堅定地說道：

「背負這樣的沉重、背負這樣的詛咒、背負這樣的自卑——我成了站在妳面前的季雨冬。

『身為婢女』——這就是季雨冬無可動搖的設定。」

「…………」

聽到季雨冬這麼說，院長閉上眼，不再言語。

過了一會兒後，她緩緩睜開眼說道：

「妳我都僅有一條設定，那麼……接著要比的就是誰的執念深了嗎？」

「妳為了世界的幾十億人而戰，而奴婢則為了一個人而戰。」

「聽起來規模差異真大。」

院長露出微笑。

「但是，奴婢覺得自己並不會輸。」

面對院長的笑容，季雨冬也露出微笑。

「真是有趣，那麼，孤身一人的妳，打算怎麼跟我對抗呢？」

「首先——」

季雨冬右手扠著腰，以彷彿季晴夏的口吻說道：

「就從戳破妳的計策開始吧。」

「院長，妳是僅能說實話的存在，用實話說謊這招雖然很強大，但也同時侷限了妳能使用的手段。」

季雨冬揮舞袖子說道：

「仔細回想，妳用過的手段雖看似五花八門，但其實本質是一樣的。」

一樣的？

聽到季雨冬的話後，我開始回想至今為止的事件。

在海底的「病能者研究院」中，院長靠著自殺和影像詭計，找出了季晴夏的藏身之所。

在「家族之島」上，她使用了影像的錯覺和群眾的力量，找出了最強電腦。

在「和」跟科塔的事件中，院長第二次的殺死了自己，藉著我們的心痛占據了科塔。

「妳的手段大致有三個：『影像詭計』、『群眾力量』、『自我殺害』。」

「沒錯。」

院長滿意地點頭，似乎是為了棋逢敵手而感到開心。

「妳不會做無意義的事，因為妳僅能說實話，從妳『變弱』和『將自身置於險地』這兩件事來看，妳想要做的事已呼之欲出了。」

聽到季雨冬這麼說，一道閃光出現在我腦中。

「我懂了……」

就在瞭解的瞬間，我的冷汗也同時從額上淌下。

這真是瘋狂無比的行為。

化身成科塔，不過是她計畫的序曲而已。

為了她的目的，她變弱、變成了科塔——變成了人類。

這一切都不過是為了——

「她想死『第三次』……」

「這答案只對了一半。」

院長放下遮住臉下半部的扇子，露出微笑說道：

「正確來說，是我想以『人類』的身分被殺死。」

「每一次的活著，都是為了殺害自己……真是瘋了。」

不管自己變成怎樣都無所謂。

為了自己的目的，院長不斷自殺，不斷抹殺自我。

「季武，你知道為何到現在『滅蝶』只能統治世界的一半嗎？」

「為什麼？」

「首先，是葉柔的干擾。」

雖然是在說一件讓她困擾的事，但院長的臉上，露出了母親的溫情。

「真不愧是我的女兒，她率領著拯救的病能者，不斷進入各個國家中，與我的『滅蝶』進行對抗。在她的奮戰下，越來越多病能者聚集到她身邊，『滅蝶』統治世界的舉動，確實被她阻止了。」

「雖然阻止你們並非葉柔行動的本意，但真是多虧她呢。」

她的努力，間接阻止了院長的計畫。

「我一直在暗中操弄，想要讓普通人更加痛恨病能者，但世界很大，總會有像你們這般站在病能者那邊的人。那些人的數量雖相對的少，但只要他們時不時的阻撓，統治世界這樣的事，就永遠無法達成吧。」

院長攤開扇子，露出微笑說道：

「那麼，為了讓人類更加敵視病能者，我該怎麼做呢？」

為了推動人類的仇恨，院長該怎麼做？

就在答案浮現於我腦中的瞬間，院長也同時開了口——

「只要我以『人類的身分』被殺死就好了。」

變弱、置身險境、成為人類。

這一切都是為了讓院長最後能被殺死。

過於震驚的事實，讓我不禁開口問道：

「所以，妳占據科塔的身體──」

「為的是拿到人類這個身分。」

「昭告全世界『滅蝶』的王是誰──」

「為的是讓所有人類心中，留下『科塔是人類統治者』的印象。」

「想盡辦法得到眾人的愛戴，努力統治『和』跟『滅蝶』──」

「為的是確保他們在看到我死亡後，會產生悲痛欲絕的反應。」

「…………」

我啞口無言。

就像季雨冬所說的，院長的所有舉動都是有意義的。

「當一切準備就緒後，我的計畫就幾近完成了。」

院長用扇子遮住臉的下半部說道：

「最後，我預定被病能者殘忍殺害。」

「被病能者……？」

「我就等同於人類方的代表，若是看到我這麼柔弱的小女孩被病能者殺掉，想必所有人類都會對病能者燃起盛大的怒火吧？」

隨著院長的話，我試想那時的情景。

若是看到科塔院長被病能者殺死——

怒火將燒盡所有人類。

他們將毫無道理地將病能者視為邪惡的存在。

若是有人類膽敢袒護病能者，那也就會跟著被一同肅清。

「這股巨大的恨意將一口氣推動所有人類，讓他們將病能者給殺光，結束這場戰爭——使『滅蝶』順利統治世界。」

縝密無比的安排，計算好每步細節。

等到你發現時，你早已深陷院長的布局中，完全動彈不得。

「至於殺死我的病能者，本來季晴夏是最適合的人選，但她現在不知身在何處，不過，還有一個很適合的病能者可以當我的劊子手。」

院長將闔起的扇子筆直指向我說道：

「那就是你——季武。」

「——我？」

我指著自己，不敢置信。

「沒錯，就是你，因為你是季晴夏的弟弟，也是這世上的第一個病能者。」

「……」

「你曾在『祕密之堡』殺了季曇春，這段影像傳到世界各地，點燃了第三次世界大戰，所以，誰都知道你的身分，也知道你是病能者。」

「妳想讓我當妳的劊子手……」

「是的，只要你殺了我，我的計畫就能達成。」

聽完院長的說明後，我感到了些許違和。

這一次的院長，似乎跟以往的她不太一樣。

過往的她會隱瞞重要的事實，誘導我們踏入她的陷阱。

但是這次，她在計畫未完前就坦承了一切。

「因為，這是我最後的計畫了。」

看穿我心聲的院長以柔和的語氣說道：

「為了『超越季晴夏』，我不再用實話說謊了。」

「妳到底在說什麼……」

感到疑惑萬分的我緩緩問道：

「都已經知道了妳的計畫，我又怎麼會乖乖的聽妳吩咐，將妳殺死呢？」

「不，你一定會殺了我的。」

「咦……」

看著院長自信的笑容，我的心中起了不祥的預感。

院長僅說實話——每一句都是實話。

「我再說一次，我不再用實話說謊了，接著我所說的，都是千真萬確的實話。」

——一陣天搖地動。

院長的白髮和和服隨著這股震動不斷搖曳，讓我不由得將視線駐留在她身上。以如湖水般清澈的雙眼看著我，她一字一句地吐出宣言：

「最初的病能者，季武——

——你必定會在眾人面前殺了我。」

當院長說完這句話後，地上的震動更加劇烈了。

這股震動籠罩了整個「和」，就像某種巨大的生物正在靠近。

院長用扇子往「和」的中央一指，順著她扇子的指引，我看到了一個完全出乎我意料之外的情景——

「『設施』……竟然打開了？」

裝著無數幻肢殭屍的「設施」之門緩緩開啟，無數的殭屍走了出來，開始襲擊居住在「和」中的普通人。

雖然居民都拿起武器應戰，但即使打斷幻肢殭屍的手和腳，生命力強韌無比的他們依然能存活一段時間。

不過短短幾秒，火光和慘叫聲就淹沒了整個城市。

「妳在做什麼！院長！」

「看不出來嗎？我在使喚幻肢殭屍，命令他們殺了『和』中的人啊。」

「可惡！」

我在腳下積蓄力道，想要衝過去把那些幻肢殭屍全都殺光。

雖然有些勉強，但之前已經掌握到了攻略他們的訣竅，只要發動四感共鳴，就算是幾萬隻幻肢殭屍——

「沒用的。」

院長露出微笑說道：

「之所以稱他們為『殭屍』，是有其理由的。」

「怎麼會這樣……？」

如地獄般的景象，讓我停下了前行的腳步。

——幻肢殭屍不斷增殖。

而且，增加的速度快得異常。

並不是二隻、三隻的增加，而是兩倍、三倍的倍增。

幻肢殭屍原本湧出的地方在「和」的中央處，但就像點了一把火在白布中央，不過短短幾分鐘，「和」的所有區域就被火光吞沒了。

「為什麼這麼快？」

這一點都不合理！

冷汗直流的我，趕緊開啟病能探索整個城市。

很快地，我就發現了原因為何。

就像所有殭屍電影一般，只要被幻肢殭屍攻擊的人，就會加入幻肢殭屍的行列中。

「別忘了，是人類的心痛，誕生出了幻肢殭屍。」

指著那些目睹自己親朋好友被殺死的人，院長說道：

「他們看到了自己的至親至愛被殺死，所以產生了心痛，吸取這些疼痛，新的幻肢殭屍也於焉產生。」

一變二、二變四、四變八──

幻肢殭屍不斷翻倍，很快地，就超出了我一個人能處理的範疇。

「為什麼要這麼做！」

我朝她大喊道：

「要是這樣下去，『和』的人會死光啊！」

「我就是要這麼做。」

「那些都是愛戴妳的人啊！妳竟然──」

「季武，你是否搞錯了什麼？」

打斷我說話的院長緩緩說道：

「你看到的這一切，都是為了你才做的。」

「為了……我？」

「聽好囉──」

院長撫著胸口說道：

「只要殺了控制他們的我，這些殭屍就會停止殺戮。」

「咦……？」

「你還不明白嗎？那麼，我反過來說好了。」

收起臉上的笑容，院長用像是科塔的面無表情向我說道：

「只要你不殺了我，這些幻肢殭屍就會不斷殺害『和』中的人——直到所有人都死去。」

「妳、妳——」

季武——你必定會在眾人面前殺了我。

我的雙手因為驚懼而不斷顫抖。

「妳在逼我……殺了妳？」

「是的，就是如此。」

院長舞動身上的扇子和和服說道：「這次，讓我回歸本質，僅有實話。」

這瞬間，我突然意識到了一件事——不再拐彎抹角，不再用實話說謊。

這樣的院長……說不定比原本的她更可怕？

——僅有實話是我唯一的設定，也是絕對的設定。

「季武，季晴夏的妹妹啊。」

在豔麗的火光中，院長露出期待的笑容向我們問道：

「面對無可改變的實話，你們要怎麼應付呢？」

DANGER! DANGER! DANGER!

第六感（extrasensory perception）

別稱

超能力（ESP）、超感官知覺

這世上確實存在著一些神祕、無法以科學說明的力量。
例如預知、心靈感應、陰陽眼等等……
人靠五感認知外在事物，而超越五感的第六感真的存在嗎？
有一說是這樣的：
大家都聽過「潛意識」這個詞吧？
據研究發現，人類終其一生，大腦只用了3%～4%，其他97%大腦都沒用到，這其餘的97%，就是大家常說的潛意識了。
其實靠著五感，人類接收到的外在訊息量十分驚人，遠超過我們能處理的範疇。
但我們的大腦會自動幫我們刪減不必要的部分（丟到潛意識中），僅留下需要的部分構成我們五感所認知的世界。
所以，第六感有可能是潛意識的力量。
我們將大量的訊息儲存到第六感中，當遇到五感無法解決的事情時，便下意識地整合第六感中的大量資訊，以冥冥之力得到了解法。

DANGER! DANGER! DANGER!

Chapter 4

亂戰

「救命啊——！」、「媽媽、爸爸——！」、「到底發生什麼事了！這些怪物是從哪裡來的——嗚啊啊！」、「滅蝶者呢？偉大的滅蝶者呢？怎麼還不救救我們——！」

慘叫和呼救聲此起彼落，慘烈得幾乎要讓人忍不住摀住耳朵。

「季武。」

院長冷眼看著這一切，對我露出微笑說道：

「再不殺了我，死的人就會越來越多囉。」

「妳、妳這個傢伙——」

我緊握雙拳說道：

「妳難道就沒有一點人性嗎？」

「為了走到今天，我殺了多少人，你以為我還會為這些人命感到不忍嗎？」

「瘋了……真是瘋了。」

「『和』不過才二十萬人，比起世界的人口來說還真是少啊。」

她以理所當然的表情和語氣緩緩說道：

「為了世界和平，我願意做出任何事，成為任何模樣。」

此刻，院長身上散發出的巨大氣勢，讓我呼吸為之一滯，但我仍毫不退縮地說道：

「院長，沒人保證妳的做法一定能達到世界和平！」

「不，一定可以。」

院長搖了搖扇子說道：

「只要『超越季晴夏』，我一定能做到。」

「為什麼妳總是要跟晴姊比較！」

「因為，我就是因為她而誕生的。」

院長的眼神望向遠處，就像是在回憶什麼。

「還記得嗎？我因為她失去了生存的意義、殺了自己的女兒，最後還親手了結了自己的性命。」

「晴姊並不是故意要傷害妳。」

「但是，我仍然被她所扭曲。為了追上她，我成為了虛擬程式——成為了世界和平的執念。」

「就算被扭曲了，也能痊癒！」

我指著院長說道：

「妳此時占著的科塔就是最好的證明啊！」

就算已經是空殼了，仍可以變回人類，仍然可以在最後露出不捨和溫柔的笑容。

「但是，那僅限於活著的人。」

院長轉過頭來，長長的白髮隨著身後的火光搖擺。

「我已經死了，死了許多次，然後打算再死一次。」
「並沒有任何人……期望殺了妳啊。」
「我自己期望如此。」
「這一切都不過是一連串不幸的意外——」
「不，這些都不是意外——」
院長微微一笑說道：
「真要說的話，我會說那是『憧憬』。」
——這瞬間，院長露出了我第一次看到的微笑。
「季武，我啊……
「憧憬季晴夏喔。」
看著那笑容，我就像被定身般完全動彈不得。
——這是院長第一次展露的幸福笑容。
不知為何我意會到了這件事。
「我不斷地變換姿態，最後連我自己都快搞不清楚自己是誰，雖然只要有『僅存實話』的設定，我就能確定這是我，可是……就在某天我發現了，除了設定外，還有另外一個感情支撐著我——那就是『對季晴夏的憧憬』。」
「妳……憧憬晴姊？」

「就連我自己都覺得可笑。」
用和服袖子遮住嘴，院長輕笑道：
「但是，我曾這麼想，若哪一天有人可以拯救世界，那個人一定是『季晴夏』。」
「…………」
「為了讓世界和平，我願意做出任何事，成為任何模樣；但某天我突然發現，我理想的形象，說不定就是季晴夏。」
「這真的……太諷刺了。」
因為季晴夏而扭曲，於是成了執念。
但到頭來，這個執念的理想卻是季晴夏。
「說不定，至今為止我所做的一切——」
院長的和服和白髮浮在空中，就像被身後殘酷的世界輕輕抱了起來。
「都是為了能更像季晴夏，即使只是一些也好。」
「妳知道嗎？妳這種說法……就好像是——」
「就好像是喜歡季晴夏，是嗎？」
看著院長那滿足無比的笑容，我再度啞然。
「要是真的能用『喜歡』一詞概括那就好了，但我想那只是構築院長的一小部分。」
就像是在空中跳舞，她舞動長長的和服袖子說道：
「我愛她，但也同時恨她；我憧憬她，但也同時鄙視她；我想要追上她，但也不想她被輕易追上；我想要從沒遇見她，但也不希望她從我的生命中消逝；我渴望成為和她對等的存在，但也同時希望和她不同。」

以平靜至極的笑容和語氣，院長緩緩說道：

「我想要殺了她，但也希望被她殺了。」

「院長……」

我終於發現了。

她才是被季晴夏扭曲最嚴重的存在。

她根本不是什麼世界和平的執念。

她的真面目，是不過是個「願望」。

——一個晴姊製造出來，會想要永遠追上晴姊，與她並行的願望。

「季武啊，我像是季晴夏嗎？」

配著身後的無數慘叫和死去的人們，院長笑道：

「這樣的我，有像是季晴夏嗎？」

她的目光有著混沌的渴望。

我知道的，她希望我點頭。

她希望我將她視為另一個晴姊。

但是——

「不像。」

雖然有些不忍，但我仍咬著牙，搖頭說道：

「妳和晴姊，完全不像……」

「為什麼呢？」

院長以像是科塔的模樣微微歪著頭問道：

「因為我殺了太多人嗎？」

「不是這樣……」

病能是季晴夏發明的，真要說的話，說不定她殺的人比院長更多。

「那麼，是因為我不如她嗎？」

「不，現在的妳，已是個能與她並肩的存在。」

不斷進化，統治了一半世界的院長，已經毫無疑問地追上了季晴夏。

「那麼，我和季晴夏究竟還有哪裡不同？」

「妳之所以與她不同——」

我低聲回答了院長的問題：

「是因為妳不是我和雨冬的姊姊。」

「……就這樣？」

「是的，就僅是如此而已。」

在答話的同時，我的腦中響起了過去晴姊說過的話——

——小武，你不是要問我為何要找你當家人嗎？

「妳和晴姊最大的差異，就在此處。」

——你和雨冬，是我唯一像正常人的部分。

我握住季雨冬的手，向眼前的院長說道：

「因為，她有著我和雨冬。」

——我也和一般人一樣有著家人，有著珍愛的人。

「即使晴姊殺了再多人、做盡再多惡事，我也會將她當成我和雨冬的姊姊敬愛她。」

——只要有你們存在，我就知道自己是人類，而非怪物。

「妳是怪物，而晴姊則是人類。」

我堅定地說道：

「我和雨冬，會彌補晴姊的錯誤——我們會補足她的不足之處。」

——擁有斷定自己為邪惡的勇氣。

「因為——我們是季晴夏的家人！」

我們願意無條件站在她那邊。

我們願意為了她弄髒自己的雙手。

「如果院長妳是因晴姊而誕生的執念，那就讓我代替晴姊收拾妳吧！」

「呵呵……」

面對我的宣言，院長很愉快地笑了起來。

「我就是希望如此，來吧！來讓我超越季晴夏的束縛吧！」

「抱歉，葉藏……」

或許我已無法將科塔救回來了。

「雨冬。」

「是，武大人。」

院長的計畫，是藉著讓我這個病能者殺了她，喚起人類的仇恨。

所以——

「只要殺了她的人不是病能者就好。」

我作夢都沒想過，我會對季雨冬這麼下令。

但是，我相信她和我一樣，為了晴姊，變成什麼模樣都可以。

「武大人，沒關係的。」

可能是體察到我在猶豫什麼，季雨冬在我面前微微低頭說道：

「奴婢是你的婢女，不管身為主子的你下了什麼命令，奴婢都不會有所怨懟。」

「謝謝妳，雨冬……」

我閉上雙眼，不再猶豫。

——季武，你沒有如季晴夏那般的智慧，也沒有如我一般的執念和設定。

「但是，我有著約定——有著與晴姊的約定。」

——因為妳而受傷的人，就由我來讓他們幸福吧。

「只要有這約定，我就能登到和院長妳一樣的高度。」

聽到我這麼說，院長露出嘲弄的笑容說道：

「要是僅憑約定就能做到，那大家也不用這麼辛苦了。」

「妳錯了。」

我睜開眼說道：

「就是因為僅憑約定就能與妳們並肩，這個約定才有了意義。」

我想要以平凡人的身分追上晴姊，然後告訴她：妳和我們是一樣的。

「雨冬，聽我吩咐。」

指著院長，我大聲說道：

「由妳這個人類——將院長殺了！」

隨著我的一聲令下，季雨冬抽出懷中的匕首衝了過去！

——鏘！

金屬交擊聲和火花同時迸出！

季雨冬的匕首刺向院長，結果被院長用手中的扇子架住。

「喝啊！」

季雨冬使盡蠻力，用力將匕首往下壓，受不住這樣的力道，院長的扇子一寸寸的往下退縮。

看著院長滿頭汗水又咬著牙的辛苦模樣，我確認了季雨冬之前的推論是正確的。

季雨冬的體能和一般女孩子差不多，也沒有任何戰鬥經驗，但現在的院長只不過是個十歲小女孩而已，應付她綽綽有餘。

「太天真了！」

院長一招手，無數蝴蝶機械人湧了過來，聚到了季雨冬的匕首上！

——某種東西腐蝕的聲音和煙冒了出來。

「嗚啊！」

季雨冬趕緊放手後退！

不過零點幾秒，她手上的匕首就像奶油一般融化了。

面對驚訝的我們，院長朝著我們伸出扇子！

——無數機械蝴蝶，就像機關槍的子彈一般朝我們射了過來！

「『靜之勢』！」

發動三感共鳴！我正坐在地上，硬化右手。

畫出自己的領域——畫出誰都無法踏足的圓。

模仿葉藏的招式，我將這些機械蝴蝶全數砍斷。

「還沒完呢。」

——天空一暗。

隨著院長的扇子舞動，幾百隻幻肢殭屍躍了起來，填滿了我和季雨冬的天空。

就在這些幻肢殭屍進入我的領域的瞬間，他們像是豆腐一般被切碎、砍斷，但是——

「嘖……」

我抓著季雨冬往後退，解除了「靜之勢」。

就算只剩下頭和一隻手，幻肢殭屍仍會頑強地從地上跳起來想要咬我和季雨冬。

真是麻煩。

只要沒有完全砍斷頭，就無法完全停止幻肢殭屍的動作。

「再來再來——！」

隨著院長的號令，天空再度變暗。

這次躍起的幻肢殭屍是剛剛的兩倍。

密密麻麻的他們，遮蔽了所有天空照下來的光線。

「必須切得更碎、更密——」

再度發動「靜之勢」。

沉靜自己的呼吸，看清敵方的動作，閉上自己的雙眼。

這次，加入葉柔的動作。

從至靜到至動。

不要使用任何多餘的動作，以最簡潔的動作砍斷他們的脖子。

——嚓！

幾百隻幻肢殭屍同時斷頭。

雖然刀軌十分複雜，但劃斷他們脖子的聲音只有一聲。

「武大人！第三波來了！」

季雨冬指著天空大喊。

宛如源源不絕般，第三波幻肢殭屍從四面八方包圍了我們。

而且——

「季武～～～」

穿著白色禮服，戴著水晶王冠，頂著和季晴夏一樣的長相。

——所有幻肢殭屍都變成了季曇春。

「別太過分了！」

我一邊砍殺這些「季曇春」一邊大喊。

院長的惡意，讓這些幻肢殭屍吸取了我的心痛，變成了季曇春的模樣。

雖然早已有所覺悟，但砍殺這些幻肢殭屍，還是讓我感到精神不斷耗損。

就在我心神晃動的短短一瞬間——

我的面前突然出現了科塔院長的臉！

「嗚！」

我趕緊收住硬化的右手，但還是讓院長的肩膀被劃出了一道傷痕。

「哎呀，真可惜。」

舔著肩膀上的血，院長輕笑道：

「要是再往右邊十公分，我的頭就掉下來了。」

「……妳這傢伙，真是大意不得。」

「放心吧，季武，我已經設定好了。」

圍繞在院長身邊的機械蝴蝶不斷轉動。

「這些孩子都是微型攝影機，只要你殺了我，這段過程就會變成影片，傳送到全世界。」

「也就是說……只要我殺了妳，這個世界就GAME OVER了，是嗎？」

「不對，你要是耗盡力氣、失去意識也算輸喔，因為我會用蝴蝶機械人挪動你的身體，讓你殺了我。」

雙方的勝利條件很明確。

院長要的是我這個最初的病能者殺了她。

我們要的則是由季雨冬這個普通人殺了她。

但是，該怎麼做？

季雨冬只是個普通人，根本不可能突破蝴蝶機械人和幻肢殭屍啊。
沒有給我太多思考的時間，院長的第四波攻勢馬上就到來了。
就算防守住了第四波，第五波也會來。
接著是第六波、第七波、第八波——
院長的攻勢很單純，完全沒有做任何改變。
但是我知道的，就是因為這樣我才沒有可乘之機。
只要變成持久戰，那麼擁有數量優勢的院長就必定會獲勝。
我曾想過要開啟更高感度的共鳴突破戰況，但就算突破了又如何？我根本不能殺了院長啊？
若是逃走呢？不，這樣也不行。
要是不在這邊解決掉她，「和」的二十萬人就會全數死光。
進也不是、退也不是。
我只能死撐著，不斷被動防守，等待那不知何時會降臨的轉機。
這樣的戰況不斷持續。
很快地，我的身邊就堆滿了屍體。
「呼、呼……」
雖然已經下意識地使用省力氣的刀法，但還是有其極限。
幻肢殭屍和機械蝴蝶不斷耗損我的體力，突然變化而成的季曇春和參雜其中想自殺的院長則不斷消耗我的精神。

「嗯……加油點好嗎？我身上傷痕雖多，但都不是致命傷耶。」
院長身上的和服到處都是刀痕，那些都是我一不小心砍傷她的痕跡。
「不過這樣也好，看起來就像我被季武狠狠虐待過的模樣。」
院長收起扇子，朝我和季雨冬笑道：
「那麼，戰局再開吧？」
——咚。
一陣沉重的地鳴聲響徹了整個空間。
在此同時，我們也因這震動而離地兩公分。
我環顧四周，忍不住苦笑起來。
「哈哈……」
這真是令人笑不出來的情景。
只見我們四周的大廈上，全都站滿了幻肢殭屍。
黑壓壓的一片，就像是無數螞蟻。
不管望得再遠，上頭都填滿了人。
剛剛的地鳴，不過是他們同時跺腳的聲響。
「……這到底有幾人啊？」
數千人？還是上萬人？
兩個人打一萬人？這是什麼無法破關的爛遊戲啊？
「等到你殺光這些人，大概整個『和』的人也都變成幻肢殭屍了。」

院長輕搖手中的扇子說道：

「反正遲早都是要殺掉我的，何不趁能救些人的時候殺了我呢？」

「……真是討厭的實話呢。」

「那是當然的，我只會說實話。」

院長用扇子朝著我們一指。

「別說殺了我了，季雨冬連碰都不一定碰得到我。」

無數的幻肢殭屍朝我們撲了過來。這次的量比之前的都多。

只好賭上一把了。

使用五感共鳴，開啟「死亡錯覺」，將這個領域的人全數殺死。

雖然我覺得院長大概對我這招也早有提防，但現在也只能這麼做了。

面對光是重量就足以將我們壓死的大量殭屍，我深吸一口氣——

一道巨大的銀光閃過！將我面前所有的幻肢殭屍盡數砍斷！

「主人，我來了。」

「咦……」

一個凜然的身影站到了我和季雨冬面前，也打斷了我的行動。

「我乃主人之刀——葉藏！」

抽出腰間的刀子，葉藏用刀指向前方說道：

「想殺死主人的，先過了我這關！」

葉藏的模樣和之前有所不同。

背對我們站立的她，背影看起來異常高大。

她側過臉來，露出微笑向身後的我說道：

「主人，別擔心『和』的人，我剛剛已經找到可靠的『援軍』了。」

「『援軍』？」

莫非是葉柔？但她應該還在下面的世界啊？

而且就算是她，面對如此大量的敵人，也討不了好去。

「不是葉柔，這個『援軍』已經暫時把幻肢殭屍的災害控制住，存活下來的普通人比你想像中的還多。」

「竟然有人可以控制這種病毒式擴散的災害？」

「是的，幻肢殭屍暫時不會再增加了。」

「到底……怎麼做到的？」

「總之我們剩下要做的事，就是把眼前的事給解決掉。」

葉藏甩動身後的長長馬尾說道：

「主人，接著我會拚盡全力製造一瞬間的空隙，但這招對我負擔很大，用完之後就會失去意識，請你把握好這一瞬間。」

「等一下，這邊可是有快一萬人耶！就算是妳，面對這樣數量的敵人也太過勉強。」

「不勉強的。」

葉藏向我露出自信的微笑：

「因為，我是主人的刀。」

「但是——」

「只要你需要，就算面對一萬人，我也不會輸。」

緊握手中的刀子，葉藏以凜然無比的姿態緩緩說道：

「我必定能守護最重要的你。」

「…………」

彷彿被她展現的氣勢迷住，我再也說不出話來。

「母親大人。」

葉藏轉而面向院長，微微頷首說道：

「好久不見了。」

「我還以為是誰，原來是葉藏啊。」

「仔細想來……我似乎沒有好好向妳道別過呢。」

「事到如今，道別對我們兩個都不重要了吧。」

「不，不管妳變成什麼模樣，妳都是我的母親大人。」

「…………」

「所以，請讓我道別，也請讓我向妳道謝。」

收起刀子，葉藏向她深深鞠躬道：

「謝謝妳讓我來到這世上。」

「真是傻孩子……」

院長輕輕嘆了口氣說道：

「即使到了這刻，都還這麼死板。」

「因為，我始終恪遵妳的教導。」

葉藏露出微笑說道：

「我想以能讓妳驕傲的模樣——奪走妳的性命。」

「那麼，就讓我來見識女兒的成長吧。」

攤開扇子，院長露出充滿溫情的表情。

他們之間的感覺並不像是要廝殺，反而像是母女談心。

但是，與她們之間的溫馨氛圍相反——無數幻肢殭屍朝葉藏跳了過來。

這次，不只是天空被遮蔽。

所有空間都填滿了人的肉塊，讓我們陷入了伸手不見五指的黑暗中。

「我一直都沒有接受自己的模樣。」

將手擺在脖子上的圍巾，葉藏說道：

「我總是守著過去的錯誤，甚至連自己是病能者的事實都沒接受。」

——刷！

葉藏將圍巾抽掉，露出了代表病能者的蝴蝶記號。

「我早就意識到了，論才智我比不上母親大人，論堅強我及不上葉柔，我是個比誰都還軟弱的人。」

就像是全力運轉一般，葉藏脖子上的蝴蝶記號發出了熾烈的光芒，撕破了眼前的黑暗！

「但是，主人告訴我了，這世界需要我的軟弱，即使是軟弱的我，也可以用這份軟弱守護他人。」

以宛若流水般漂亮且流暢的姿勢，葉藏緩緩坐了下來，閉上了雙眼。

「只要是我刀所能及的範圍，就是我的領域。」

在這瞬間，我感到一絲寒意從葉藏身上散發出來。

「我的病能是『萬物扭曲』！所以——只要我願意，我可以扭曲、延長我的刀子！」

葉藏手中的刀子逐漸彎曲、改變形體。

就像無法承受這樣的延展，她的刀子在彎到極限後轟然碎裂，散作了點點白光。

這無盡的白光化作了寒意，接著這股寒意以令人無法反應的速度向四周擴展——直到將所有事物包裹其中。

在這刻，所有人都在葉藏的刀圍中。

彷彿被這股寒氣凍住，所有人都停止了動作。

「請妳看清楚，母親大人！這就是我現在的刀所能觸及的地方——這就是軟弱的我所能保護的範圍。」

葉藏張開眼！

「靜之勢・改！」

只要踏入領域者，必然被切碎。

葉藏使用她的病能延長刀子，將她的領域擴大，使出了半徑足足有五百公尺的靜之勢。

一刀、十刀、百刀、千刀——無止盡的刀軌不斷疊合，從「線」變成了「面」，再從「面」變成了框住所有人的半球型。

不管是我、季雨冬、院長還是一萬名幻肢殭屍都被刀光給罩住。

足以將人凍結成冰的寒意，讓人感覺就像是被捲入無聲的暴風雪中。

時間彷彿靜止了。

在葉藏的領域中，什麼聲音和溫度都沒有，唯有不斷向上積累的寒氣。

就在我以為這股寒冷永無止境時——

冰雪消散，黃金色的太陽光從縫隙照了進來。

宛若被陽光融化，結冰的幻肢殭屍緩緩崩解——然後讓更多陽光照了進來。

「這真是……太驚人了。」

就像是雨過天晴。

葉藏驅散了本來被人類肉體填滿的黑暗，將其化作了令人心神為之一振的空白。

一瞬間——只不過零點零幾秒。

葉藏就清除了五百公尺內的所有敵人，彷彿他們一開始就不存在於此處。

而且因為刀軌太密，敵人碎裂的過程甚至連一絲聲響都沒發出，就這樣悄無聲息地化作了碎末！

——砰。

在一片靜默中，唯一有的是葉藏力竭而倒下的聲音。

「雨冬，就是現在！」

我們和院長之間，已沒有任何阻礙！

「殺了院長！」

我抱起季雨冬往前踏步，衝向院長！

這一星期來，葉藏似乎都在練習她的病能。

不得不說，她的這個招式真的非常驚人。

密度過高的斬擊竟然足以影響幻肢殭屍的認知，讓他們的肉體自行化作碎屑。

而且——

「她精準地砍碎了要砍的目標。」

明明我、季雨冬、院長都在她的領域中，但我們身上連一點細微傷痕都沒有。

她細緻地操控了她的斬擊，砍在該砍的人身上，讓我們得到了這個短暫的機會。

院長失去了幻肢殭屍和機械蝴蝶的保護，孤身一人。

她闔起扇子，緩緩閉上了雙眼。

那副模樣，就像是接受了一切後認輸。

看著無防備的她，我的心中起了些許疑心。

真的這樣就結束了嗎……？

只要讓季雨冬殺了院長，這一切就會結束嗎？

我是不是還漏了什麼沒有注意到的地方？

我的心中，起了不祥的預感——

「那不就跟我的預感是一樣的嗎？」

我的身體陡然失去平衡！

熟諳的翻轉感再度出現。

——砰！

躺在地上的我，看到了雲悠然站立在我面前。

「又是妳這傢伙……」

到底要阻礙我幾次！

「時機剛剛好。」

脫下連帽外套的帽兜，雲悠然單腳站立，雙手後伸，不知為何又擺出白鶴掠翅的姿勢。

「拯救世界的英雄，在此颯爽登場——呀～～呀呀呀。」

可能沒保持好平衡，她單腳跳啊跳。

「…………」

看著她毫無緊張感的舉動，現場所有人都陷入了沉默。

「呼～～重來一次。」

雲悠然第二度單腳站立，雙手後伸。

「拯救世界的英雄，在此——」

「悠然，夠了，不用說第二次沒關係。」

連院長都看不下去，她拍了拍雲悠然的肩膀，阻止她想要重來一次的打算。

「咦咦！我等這麼久，妳怎麼可以這樣。」

雲悠然甩著長長的袖子，不滿地鼓起嘴說道：

「我早就到場了，躲在一旁睡覺打盹，為的就是能在最緊急的時刻跳出來！」

「妳要是早就到場了……怎麼不早點出來？」

「因為感覺不夠帥啊。」

「……」

「不帥我出來做啥。」

聽到雲悠然一臉理所當然地這麼說，院長露出頭痛的表情。

竟然能讓院長露出這種表情，真不愧是最強的人類。

「而且，我總有股感覺……要是不多刷點存在感，別說插圖，就連人設都不會有了。」

「妳在說什麼啊！」

這又是什麼奇怪的感覺！

「總之，時機是很重要的，你看嘛，明明同樣都是女孩子，但成年前發生關係叫『犯罪』，成年後發生關係就變成了『戀愛』。」

「……妳到底想說什麼。」

為何突然探討起「時機」這個話題了？

「你還沒意識到嗎？時機到底是多重要的東西。」

雲悠然將手伸出袖子說道：

「比方說，女生在十八歲前叫少女，十八歲後就會蛻變成——」

「女人？」

「不，是垃圾。」

「妳這句話根本就是在跟所有女人宣戰妳知道嗎！」

「怕什麼，我也是垃圾啊。」

「……原來妳過十八歲啦。」

「看來季武你也認同『十八歲以上的女人就是垃圾』這點啊。」

「我沒有！」

別挖陷阱給我跳！

「還有一個月……」

我懷中的季雨冬一臉大受打擊地說道：

「再一個月，奴婢就會變成武大人心中的垃圾了嗎？」

「不是這樣的！」

「為了讓武大人心中的奴婢形象停在此刻，奴婢要去自殺！」

「妳除了自爆之外還有別招嗎！」

「啊，若是戳瞎武大人雙眼，那不管奴婢變多醜都沒關係了。」

「……妳知道感官相連者可以用眼睛以外的東西視物嗎？」

「咻咻～～小倆口好火熱喔！」

「雲悠然妳不是敵人嗎！在一旁起鬨什麼！」

我一邊慌忙安撫季雨冬，一邊感到違和。

奇怪，總覺得雲悠然出現後，整個氛圍都緩了下來。

剛剛那股肅殺之氣被清得一乾二淨。

明明情勢應該掌控在我們這邊的……但不過三言兩語間，主導權就被奪走了。

「無法理解……」

因為無法理解，所以無法應付。

看著我面前打呵欠的雲悠然，我突然有種不知從何下手的感覺。

「不對……不應該是這樣的。」

我搖了搖頭，重拾緊張的心情。

不能白費葉藏剛剛為我們奮戰的心意。

幻肢殭屍到處都是，只要時間拖得久了，備用的幻肢殭屍就會重回戰場，那時我們就再也不可能殺掉院長。

「但是，要是不過雲悠然這關……雨冬就絕對無法殺了院長。」

我將季雨冬放到了倒下的葉藏身旁，同時拾起了葉藏的刀子。

這也是我第一次想要使用武器。

「四感……共鳴。」

在第一瞬間就發揮全力吧。

只要逮到微小的空隙，說不定季雨冬就能——

「我根本沒必要跟你打吧？季武。」

在我動作前，一切就已結束了。

——衣袖紛飛。

雲悠然的速度一點都不快。

但抓準我意識空隙的她，輕易從我身邊掠過，讓我就像被定住般完全反應不過來。

我眼睜睜的看著雲悠然伸出一指，觸及了季雨冬的下巴。

——喀。

下巴搖晃產生的震動傳到了季雨冬的腦內，讓她瞬間失去了意識。

「雖然我不知道為什麼要這麼做……」

雲悠然歪著頭說道：

「但總覺得這麼做，季武你就束手無策了。」

看著倒在地上一動也不動的季雨冬，我的意識突然變得一片空白。

這是完全出乎我意料之外的發展。

等一下？怎麼會這樣？

要是季雨冬失去意識，那接著要由誰來殺了院長？

一定得由「人類」殺了她，但是除了季雨冬外，在場已沒有任何人類——

「噗噗——錯了！大錯特錯！」

「咦……」

被雲悠然的錯誤音效打斷了思考，我抬起頭來。

雲悠然用雙手在胸前比了一個大叉說道：

「在場明明就還有別的人類。」

「是誰……？」

「我啊。」

雲悠然指了指自己說道：

「我可是個如假包換的人類喔。」

「……妳在說什麼？」

「我——剛——說，我也是人類。」

「是，但那又如何？」

「你不懂嗎？若是由我這人類殺了院長，那也是可行的吧？」

「若是妳……殺了院長？」

這確實可行，但這也太古怪了吧？妳不是院長那邊的人嗎？

「我在此宣言——」

雲悠然雙手大張，說出了讓所有人都傻眼的話語：

「你只要打敗我，我就幫你殺了院長。」

「……………………」

這到底都是……什麼跟什麼？

超出我想像的發展麻痺了我的思考，讓我的腦袋一片空白。

我看向院長，結果發現她也跟我一樣，露出傻眼至極的神情。

此時我突然意會到，就連院長都被捲入了雲悠然的節奏中。

「等一下……」

我不敢置信地問道：

「妳不是站在院長那邊嗎？」

「我什麼時候說過我站在院長那邊了？我只說過我是她派來的吧？」

戴上連身外套的帽子，雲悠然說道：

「我不站在任何人那邊。」

「總覺得……亂七八糟。」

被她這麼一攪和，事情變得一團亂。

「我不是說過了嗎？我這個人沒有動機、沒有目的、沒有善惡，但是，我比誰都還像個人類。」

雲悠然從口袋中抽出一條繃帶，將自己的眼睛綁了起來。

「所以，季武，想盡辦法來打敗我吧。」

「究竟為什麼——」

「別問我理由，因為就連我自己都不知道我為什麼要這麼做。」

她朝我擺出架勢。

「我只是『覺得』……我該這麼做。」

雲悠然不再言語。

此時的她，幾乎封住了所有感官。

從她身上，我什麼都感受不到。

但就是這樣的一片空白，讓我感到毛骨悚然。

——這個人強得不可思議。

開啟高度感官共鳴的我，才終於意識到我跟她之間的巨大差距。

既然所有攻擊都在她第六感的範疇中，那不管我做什麼，都會被她反擊。

如今，只剩下一種攻擊方式還沒試過了——

那就是病能衍生出的攻擊。

「四感共鳴！」

——想像吧。

——想像自己是葉藏。

複製她的行動、複製她的病能、複製她的運算！

以自己就是葉藏的想像，我以流水般的動作緩緩正座下來。

「萬物扭曲。」

延長、扭曲自己的刀子，讓它在膨脹到極限後碎裂。

將這些細碎的刀光灑向整個空間，擴張自己的領域——

「『靜之勢・改』！」

這是現學現賣的劣化版！

我的領域無法擴展到五百公尺，但已足以籠罩住面前的雲悠然。

無數的刀光砍向了雲悠然！

「原來如此，絕對防守的技巧嗎？」

雲悠然一個蹬步往後，脫出了我的刀圍。

「那麼只要脫出防守的範圍，就不足為懼了。」

——行得通！

雖然攻擊沒奏效，但我精神為之一振。

比起之前束手無策的狀況，現在好多了。

至少我能逼得她逃離我。

雖然很耗體力，但我要維持這個狀態，不斷逼退雲悠然——

「雖然有點麻煩，但就這麼做吧——『推』。」

雲悠然伸出左掌，按上了高樓大廈的牆面。

紮下馬步，她使盡一推！

雲悠然的力道只是普通人的力道。

雖然她的推擊盡了全力，但因為兩者質與量差異過大，大廈產生的搖晃微乎其微，幾乎等同於沒有，要不是我現在是四感共鳴，我根本感受不到這股晃動。

但是，我老是忘記一件很重要的事。

雲悠然是最強的人類——是超乎我想像的存在。

「『推』之後是——『拉』！」

配合大廈盪回來的瞬間，雲悠然施加了「拉」的力道。

遠離時「推」，靠近時「拉」！

憑著她的直覺，她精準抓到了推和拉的時機。

——喀。

一道細痕從大廈中央出現。

雲悠然繼續的推和拉，加劇這個晃動。

大廈的搖擺越來越劇烈，很快地就達到了肉眼可視的程度。

——喀喀喀喀喀喀！

牆上不斷出現裂痕，無數的裂痕就像是網子似的迅速漫布牆上。

這是個僅限於這座大廈的大地震！

很快地，大廈就被這個地震擊倒，轟然一聲從中折斷。

無數碎石和塵土從天而降，就像是沙塵暴。

足足有三十層樓那麼高的大廈，就像隕石一般落了下來。

「『咕嚕咕嚕』～～～」

面對從天而降的殞石，雲悠然伸出了手指。

「這真的……太扯了。」

使用「靜之勢」時，必須保持心情沉靜。
但面對這樣荒唐的情景，我實在無法保持冷靜。
即使是那麼大質與量的東西，雲悠然依然能用巧勁將下墜的力道化作橫向的旋轉。
就像是頂著籃球在旋轉，三十層大廈就這樣在雲悠然的手指上轉動。
光是轉動颳起的風就足以變成颱風，從中發出的聲響也足以震碎這個區域的玻璃。
「其實，我也挺好奇的……」
雲悠然將大廈朝我這邊一丟。
「絕對防守擋得住這招嗎？」
「——當然是擋不住啊！」
——轟！
大廈填滿了我的視野和意識。
我努力踩穩腳步，因為光是襲來的風壓就差點把我吹走。
——眼前的一切盡是水泥牆。
上、下、左、右，不管怎麼看都只有水泥牆，就像是這個世界被水泥占領了一樣！
不管往哪邊逃都來不及了！
我跑到倒在地上的葉藏和季雨冬身前，舉起了手中的刀子。
「『靜之勢』！」
縮小領域，只要保護這一公尺就好。

我必須將襲來的水泥塊全數切斷！

但是——

不管怎麼切，眼前的水泥塊都沒有結束的趨勢。

水泥色的大海不斷淹來，不管怎麼斬都沒有盡頭。

很快地，葉藏的刀裂開、崩毀，化作了碎片！

「我要保護她們！」

我朝著壓來的巨大石塊大喊。

「我不能在這邊停止腳步！」

所以，進化吧！

跨過自己的極限！

既然我無法勝過妳，那就讓我聯合其他人對付妳吧！

「來吧——『葉藏』和『葉柔』！」

將左手化作葉藏的刀，將右手化作葉柔的刀。

不是「全部」化身成她們，而是借走她們的「一部分」。

這樣我的負擔不會那麼大，也能同時發揮她們的能力。

「斬！」

用葉藏的病能延長刀的範圍，並用葉柔的神速揮出刀子。

用我的「感官共鳴」計算出最有效率的斬擊方式。

「斬！斬！斬！斬！斬！斬！斬！斬！」

隨著我的吶喊，眼前的水泥海被切成了無數沙塵。

舞動雙手，我將這些沙塵揮開——

「『推』。」

雲悠然突然從沙塵中現身，雙掌灌到我的胸膛上。

——砰！

響亮的聲音從我胸腔響起，一股大力推著我的身體向後飛去。

「喝啊啊啊啊啊——！」

我將雙腳插到地面中，努力抵抗這股要讓我往後飛去的力道。

「『拉』。」

雲悠然衝到我懷中，藉助我抵抗的力道一拉。

我的力道和她的力道加起來，不管再怎麼努力都抵禦不住。

我從她頭上飛了過去，「砰」的一聲撞到了另一座大廈中。

「咳、咳——」

幾口鮮紅的血從我嘴中吐了出來。

眼前的視線開始模糊。

我已經突破了我的極限。

但就算是進化了，也還是遠遠不及雲悠然嗎？

這樣看來，就算我使用五感共鳴，我也拿她一點辦法都沒有。

「『咕嚕咕嚕』——」

狂風再起、沙塵呼嘯。

只見雲悠然伸出左手和右手食指，讓兩棟高樓大廈在她手指上不斷轉動。帶著兩個巨大無比的石塊，她緩緩朝我走過來。

「到底要怎麼打贏她……？」

我的病能，讓我可以短暫化身成任何人。

但我心中想像不出超越雲悠然的人物。

「不對……」

不是有一位可以打贏雲悠然嗎？

「晴姊……」

——季晴夏的身影浮現在我腦中。

若是季晴夏的話，一定可以和雲悠然對抗。

但是，她並不在此處，我只能靠自己想辦法。

我掙扎著從碎石中爬了出來。

這是最後的賭注了，我要開啟最後的五感共鳴——

「咦？」

此刻，就像是要保護我一般，「某個身影」站到了我的面前。

——那是個足以讓所有人震驚的身影。

就連雲悠然都因為太過於訝異，丟下了手中的大廈，兩塊隕石發出轟然聲響，在地面上砸出了兩個宛如湖潭的凹陷。

「妳是……妳是……」

雲悠然指著站在我前方的身影說道：

「妳是誰？」

她手指的顫抖，顯示了她有多麼驚訝。

「雨冬……？是妳嗎？」

我問向眼前的人，但是她沒有回應我。

——擋在我前方的人是季雨冬。

但是她的狀態十分怪異，怪異到連我也不敢肯定那是她本人。

緊閉的雙眼，顯示了季雨冬還在昏迷狀態。

但是理應沒有意識的她卻頭下腳上，呈現倒立的姿態。

而且更詭異的是，體能跟一般女孩子一樣的季雨冬，竟只憑一隻左手，就穩穩地撐在了地上。

「妳的左手……」

憑藉「絕對第六感」，混亂的雲悠然很快就找到了異樣的源頭。

「妳的左手……為何散發著一股不祥的氣息？」

季雨冬的左手？

「啊……」

我很快就意識到了真相。

因為一直以來都是季雨冬在使用那隻左手，讓我不由得習慣了這件事。

我怎麼忘了這麼重要的事呢？

那明明不是季雨冬的左手。

打從病能者研究院那時起，季雨冬的左手，就一直不是她的左手啊。

「那是——」

雲悠然指著倒立的季雨冬說道：

「那是季晴夏的左手，對吧？」

我作夢都沒想到。

在這樣的絕境中，季晴夏真的趕來拯救我們了。

只不過，只有一隻左手就是了。

Chapter 5 他人的手

不知道是不是對那隻左手有著不祥的預感，這次雲悠然並沒有說些無關緊要的話。

她用腳踢起了地上的大、小石塊。

扭動腰身、舞動袖子。

雲悠然讓這些石塊環繞著她不斷旋轉、加速。

就在石塊的速度快到變成一個泥土色的環後——

「『推』。」

她朝身體四周的石頭群中伸指一彈！

一個石塊朝我們襲來，我下意識的低頭一閃。

——嚓！

就像被雷射光打到，我後方的大廈被燒穿。

我朝身後的孔望去，發現那個洞不斷延續到地平線的另一側，根本望不到盡頭。

這已經不能用子彈來形容了，根本就是某種類似流星的武器。

「『推』。」

雲悠然不斷伸指將身周的石塊彈來。

無數超越音速的流星劃破空氣朝季雨冬飛去。

「雨冬！」

我著急地想要幫助季雨冬擋下這波攻勢。

但不過才踏出一步，我就因為訝異而停止了動作。

只見季雨冬維持著倒立的狀態，單手撐地不斷的跳著，她這種移動方式不合人體工學，照常理說，應該怎麼樣都快不起來。

但是她的動作十分靈活，總在間不容髮之際閃過雲悠然的攻擊。

「『拉』──『推』。」

雲悠然的石頭攻勢不斷持續，我的身後、地上，到處都是雲悠然的石頭雷射打出來的洞。

但這次她在推出石頭的同時，也手腳並用地拉起了地上的石頭。

環繞在她身周的石頭越來越多、越來越大量──

很快地，這巨量的石頭就變成了一個類似行星帶的存在。

雲悠然低下了頭。

第一次──我看到了雲悠然深吸了一口氣。

就算沒有像她那般的第六感，我也知道大事不妙。

「快逃啊，雨冬！」

隨著我的大喊，雲悠然伸出手去，將環繞著她的石塊全數打出去。

──白光閃爍。

宛如流星群一般，大量小碎石向季雨冬襲去。

光是石頭摩擦空氣產生的白光就足以讓我的眼睛睜不開。

就像被眼前的情景震懾，季雨冬以左手呆呆地立在原地，一動也不動。

完了，一切都完了。

已經沒有任何時間可以閃避，就算發動靜之勢，我也沒把握將這些石頭全數擊落。

只是——

我沒想到的是，季雨冬根本沒有要躲閃。

她單手用力一撐跳了起來，她的左手迅速在空中揮動，速度快到我完全看不清她的手，甚至有一種她的左手已經消失的錯覺。

這股消失，隨著季雨冬左手的不斷揮舞而擴散。

只要被季雨冬的左手碰觸到，那些雷射光和流星群就會被吞噬、消失。

空白塗滿了整個空間。

很快地，一切就歸於平靜。

在空中的季雨冬將緊握的左手張開，無數細小的粉塵從她手中灑落，隨風而逝。

「全部……接了下來？」

我瞠目結舌。

竟然將那麼大量又高速的石頭全數接住？

這究竟是怎樣的計算和反應？

就在我為這個狀況感到不敢置信時，季雨冬採取了下一個行動。

她的左手用力一撐，違反人類常理地躍起了大約三公尺高。

季雨冬跳到左邊的大廈上一撐，又升高了三公尺，緊接著她又跳到了右邊大廈上——藉著這樣的反覆跳躍，她越跳越高、越跳越高，翻到了高約五十層樓的大廈屋頂上。

就在我納悶季雨冬要做什麼時——

——砰！

驚天動地的一聲大響，雲悠然身後突然揚起了大量塵土。

季雨冬從五十層樓高的屋頂上跳下，單手落到了雲悠然的身後。蜘蛛網般的裂痕從她落地處向外擴張，讓地面因為碎裂而下沉。

藉著從空中落下的力道用力一撐，季雨冬以幾乎看不見的速度向雲悠然衝了過去，同時左手握拳向雲悠然的臉頰揮出——

雲悠然交叉雙掌，接住了這個拳頭！

「嗚……」

為了減緩季雨冬那強大的衝力，雲悠然的雙腳在地上犁出了兩道深溝。

「嗚啊啊啊啊啊啊啊啊啊——！」

雲悠然吼出了我從沒聽過的高分貝聲音！

過了彷彿永久的零點幾秒鐘後，雲悠然好不容易停住了腳步。

一絲血絲從她的嘴邊流下。

這時我發現，雲悠然雙腳下的沙子呈現巨大的漩渦狀。

看來她剛剛不斷藉由身體的細微旋轉，將季雨冬的攻擊力道導向地面，但即使是巧勁運用到顛峰造極的她，也無法將這股力道完全卸掉。

季雨冬手一撐，向後躍去。

她繼續維持單手撐地的倒立姿勢，與雲悠然對峙著。

「不屬於自己的手，彷彿擁有自我意志一般行動……」

我很快地就知道了這是怎樣的病能。

人的大腦分成「左腦」和「右腦」，但很少人知道，這兩個部分的腦其實只由一塊名為「胼胝體」的蛋白質連結。

一旦把「胼胝體」切開，左右腦就會失去連結，我們稱這種人為「裂腦症」患者。

「裂腦症」的病患，有時會出現一個奇妙的異常狀況：那就是患者的左手會不聽自己使喚地行動。

明明右手把衣服的鈕子扣上，左手卻把衣服解開。

明明右手正在收拾行李，左手卻把行李從箱中拿出來。

明明右手擁抱妻子，左手卻給了她一巴掌。

完全無法控制，宛若那是其他人的手。

這種疾病名為——

「『他人的手』。」

我不知道季晴夏是怎麼做到的。

但我想季晴夏可能早就動了手腳，在遇到某些特定的情狀時，這隻左手會自動啟動，幫助我和季雨冬度過危機。

我看著季雨冬的左手，明明做了這麼多超乎常理的事情，還從五十層樓高的地方跳了下來，但她的左手一點傷都沒有。

竟然只憑一隻左手就能壓制雲悠然，晴姊到底是怎樣的怪物啊？

「『他人的手』……是嗎？」

雲悠然緩緩吐了一口氣。

「原來如此……不愧是這個世界上最異質的存在，光是一隻左手就這麼難纏。」

她解開眼睛上的繃帶，半睜雙眼。

「不過，戰鬥並不是唯一一條路。」

摸著脖子上的項圈，雲悠然脫下了帽子。

回到最初狀態的雲悠然，不再封閉自己的五感。

就在我納悶她為何要這麼做時——

——砰。

就像失去電力，季雨冬的左手喪失了力氣，讓她倒在地上。

「雨冬！」

著急的我跑到她身旁確認，結果發現她只是回到之前昏迷的狀況而已。

「我的感覺告訴我……我該讓自己變弱。」

雲悠然微微一笑說道：

「看來直覺又中了。」

我看了看倒在地上的季雨冬，又看了看雲悠然。

從這個狀況判斷，季晴夏設定的條件應該是──

「『面臨某種巨大的威脅』或是『生命上的危機』之類的吧？」

雲悠然將我心中的答案說了出來。

「那麼，只要稍稍降低強度，『他人的手』就無法發動。」

「嘖……」

我不禁咂舌。

──最強的人類。

力取不成、智敵也沒用。

眼前的雲悠然雖然打著呵欠，但體力看起來也沒有耗損太多。

就算真的讓她陷入劣勢，她也能毫無道理地憑感覺想到解決之道。

這樣有如bug的存在，真的有辦法攻略嗎？

「變強～～」

雲悠然將繃帶再度纏上。

──季雨冬用左手立了起來！

「變弱～～」

雲悠然卸下繃帶，季雨冬失去力氣，頹然倒地。

「變強～～」

──季雨冬立了起來。

「變弱～～」

——季雨冬倒了下去。

「啊哈哈哈！季武，這個好好玩喔！啊哈哈哈哈哈——！」

「……請不要玩弄我們家雨冬。」

看著捧腹大笑的雲悠然，我不禁有些無語。

「戳戳～～」

「也不要拿樹枝戳她！」

「悠然，別玩了。」

在一旁的院長突然插話道：

「趁此機會，快把季晴夏的妹妹殺了。」

「咦？為何要殺她。」

「……妳不是說不殺她，這世界會有危機嗎？」

「但總感覺不是現在，所以之後再殺吧？」

她蹲坐在地上，可能是覺得季雨冬身上的服飾很特別吧？她不斷用小樹枝翻弄她的衣服。

「……………………」

看著雲悠然，我和院長面面相覷。

「真的是很令人傷腦筋的傢伙。」

「我沒想到，我竟然會有這麼同意妳說的話的一天。」

明明剛剛打得如火如荼，現在卻自顧自地玩了起來。

「不過，先別管她。」

院長向我微笑道：

「季武，你該放棄了吧。」

——身邊突然出現了無數氣息。

我環顧四周。

只見斷垣殘壁上，再度出現了大量的幻肢殭屍。

「可惡……」

葉藏為我們爭取的時間已經結束了嗎？

我的體力已經見底，本來要殺死院長的季雨冬也已經昏迷。

就算撇開飄忽不定、不知是敵是友的雲悠然，我也無法面對這麼大量的敵人。

「抓住季武！」

沒給我任何思考的時間。

院長手中的扇子向我一指。

所有幻肢殭屍同時轉頭看向我，朝我撲了過來。

「三感共鳴！」

再度將葉藏和葉柔一部分融入體內！

將此身化作葉柔，將右手化作葉藏之刀的延展——

「斬！」

一個X的白光出現，撕裂了所有幻肢殭屍。

就在我為自己的威力感到欣喜時——

雲悠然突然從撕裂的殭屍群中出現。

「『推』。」

雲悠然雙掌按到我胸膛，再度讓我「砰」的一聲撞到身後的牆上！

「又是妳！雲悠然！」

背抵身後的牆，我的嘴邊流下血絲。

站在我面前的雲悠然可能是怕喚起「他人的手」，所以沒有綁上繃帶，僅是緊閉雙眼。

「『推』。」

她再度攻了過來，我拚盡全力扭過她的雙掌。

——轟！

我身後的建築物被她這掌整個推飛。

我深深體會到了，只要我想靠近院長，雲悠然就必定會妨礙。

但是，我該怎麼做？根本沒有解決她的辦法吧？

「別讓季武有休息的時間！」

院長再度用扇子一指！

大量的幻肢殭屍再度朝我衝來！

不只是幻肢殭屍而已，雲悠然也混在他們其中朝我進攻。

——該怎麼辦？

面臨這樣的絕境，我眼前的情景突然緩慢了下來。

我看了看倒在地上的葉藏、季雨冬。

——到底該怎麼辦？我還能借用誰的力量？

到底還有誰可以打贏雲悠然？

所有人都被打敗，就連季晴夏的一部分都打不贏。

就算我真的化身成季晴夏，也頂多跟季雨冬的左手一般程度。

在我所能化身的人物中，沒有一個可以勝過雲悠然——

「不對。」

還有一個人。

這個人就算不能贏——

至少也不會輸！

「五感……共鳴！」

面對眼前的人海，我深吸一口氣——

「——『推』。」

隨著我的聲音，就像被炸開一般，眼前的所有幻肢殭屍都向後飛去！

「喔喔……」

看著我的推擊，雲悠然睜大了雙眼。

趁著這個短暫的空檔，我閉上眼，封閉了自己的視覺。

就像被關掉了開關，我的眼前陷入一片黑暗。

但是，明明應該什麼都看不到的，但不知為何，我更加能掌握整個空間的一切。

面對數十隻朝我攻來的幻肢殭屍，我伸出了雙手——

——砰！

我將這些幻肢殭屍同時摔倒。

他們環繞我而倒的模樣，就像開了一朵花。

但是，只要不砍掉他們的頭，他們就能活動。

倒在地上的幻肢殭屍朝我的腳伸出了手——

「『推』。」

我朝地上一推，將這些幻肢殭屍全數震起。

「『推』。」

我舉起雙手，將這些幻肢殭屍一一朝雲悠然推去。

雲悠然輕鬆的接住這些化身成子彈的人類，將他們全數摔到別的方向。

「這樣還不夠……」

關得越多，變得越強。

不能只封閉視覺。

封閉嗅覺、封閉味覺、封閉聽覺、封閉觸覺——

「『推』。」

模仿雲悠然的動作，我向前一推，雲悠然低頭閃過——

——轟！

我的雙掌觸及她身後的牆，將一座大樓推倒。

「再來——再來！」

——將所有感官都扼殺掉！

「『推』！」

——砰！

我跟雲悠然以一模一樣的動作對起了掌，兩股巨大的力道撞擊在一起，將身旁所有幻肢殭屍都震開、吹走。

「既然一直依賴的事物打不贏妳，那就讓我將它全數丟棄吧！」

我不斷的用雙掌朝著雲悠然推擊，她也以同樣的動作回應我。

因為感官都封閉的關係，我感到黑暗包裹住了我整個人。

「為了戰勝妳，我願意成為任何人——就算那個人是妳也沒關係！」

不可思議的是，雖然什麼都感受不到，身體卻可以自行動起來。

「殺死自我、感受他人——將此身化作任何人。」

雲悠然漸漸地被我壓了過去！

「我是季武——也是雲悠然！」

我的雙掌突破了雲悠然的雙掌，按上了雲悠然的胸口！

「妳之所以輸給我——

「——是因為我理解了妳比誰都強！」

——砰！

一道衝擊從雲悠然的背後透了出來，衝擊產生的巨大風壓將雲悠然後方的沙塵全然吹乾！

「漂亮……」

雲悠然一邊以微弱的聲音如此說道，一邊將頭靠在我的肩膀上。

「是我輸了……咳……」

幾口鮮血從她嘴中吐了出來。

「不過……你根本就不瞭解我是什麼……」

雲悠然吐出的血染紅了我的衣服，也染紅了她脖子上的項圈。

「但我相信……你很快就會理解我……理解使用這力量的代價是什麼……」

她以沾著血的唇在我耳邊緩緩說道：

「願你……不要成為『世界的奴隸』……」

要是我有聽到雲悠然的警告，或許之後發生的慘劇就會稍有不同。

但此時失去五感的我，就像一根木頭一樣呆呆站著。

我什麼都聽不到。

我什麼都嗅不到。

我什麼都嘗不到。

我什麼都看不到。

——我什麼都感受不到。

我唯一擁有的，只有深沉厚重的黑暗。

接著在這股黑暗中，一道聲音傳了過來——

——你應該要這麼做。

黑暗中的聲音如此說道。

——你應該要這麼做。

聲音是從上方傳來的，但抬起頭來的我什麼都沒看到。

——你應該要這麼做。

這道聲音逐漸浸染了我的身體，侵蝕了我的思考。

我不知道這裡是哪裡。

這裡並非夢境或是現實，但似乎也像是兩者兼具的奇異地帶。

——你應該要這麼做。

神祕的聲音不斷說著同一句話。

但是，我的四周什麼都沒有，我根本不知道自己該做什麼。

就在我以為會永遠泡在這股黑暗中時——

我的面前突然出現了一個模糊的身影。

不管我怎麼張大雙眼，我都看不清面前之人是誰。

就像站在霧中，他的外在輪廓不斷隨著時間搖動、改變。

——來，伸出手。

就像被這道謎之聲音給奪走了意識，我的思考逐漸消散、麻痺。

順著它的指引，我緩緩伸出手——

——刺穿你眼前的人。

深吸一口氣，我左手使力，刺穿了我面前的身影。

鮮紅的血液從傷口中淌下，流到我的手上。

被這股溫熱的血一淋，我的意識稍稍恢復了清醒。

「咦……」

我終於看清我面前的人是誰。

那個人頭戴繡球花頭飾，穿著古代婢女的服裝——

——正是季雨冬。

「這是……什麼？」

這是什麼？

我究竟做了什麼？

——你應該要這麼做。

神祕的聲音繼續如此說道。

就在此刻，我突然瞭解了。

這或許是雲悠然也曾看過的情景。

因為使用了和她相仿的力量，所以我的第六感讓我窺伺到了未來，也因此感受到了世界的聲音。

這或許就是類似「天啟」或是「天機」的存在。

——季雨冬必須死。

不知名的聲音繼續向我呢喃。

——若是季雨冬不死，那麼足以毀滅人類的悲劇將降臨。

就算使盡全力，也無法抵禦這聲音對我的操弄。

我抽出刺穿季雨冬的手，雙手握住了她細瘦的脖子，收緊——

「不要……」

看著季雨冬痛苦的表情，我在心中大聲吶喊抗議。

「不要這樣啊！」

——你應該要這麼做。

「我不要！」

——你無法違抗的。

「我不要殺了季雨冬！」

——那是必定會發生的未來。

這道神祕的聲音越來越大、越來越響亮——

——未來必定會實現。

——因為你聽見了世界的聲音，看見了即將發生的未來。

——不管你願不願意，你必定會朝著世界希望的方向前進。

——你會感覺……你應該這麼做。

——就像這樣。

圍繞我的黑暗迅速消散。

恢復五感的我，緩緩睜開了雙眼。

此時我發現，我的左手就像插進什麼人體似的溫熱無比。

「不會……吧？」

驚懼無比的我，逐漸固定眼前的視線。

該不會我真的……？

我的手因為驚懼而不斷顫抖。

但是——

站在我面前的人，並不是如我預想的季雨冬。

「謝謝你，季武。」

——院長朝我露出笑容。

我低下頭看了看我的左手，它插進院長的胸膛中，然後從院長身後透了出來。

「咦……」

我的嘴中發出不成聲的聲音。

就在我失去意識的那段時間，我的左手插進了院長的胸膛中？

「是的，就是如此。」

院長向我露出甜美的笑容說道：

「謝謝你殺了我，完成了我的計畫。」

「不是、不是這樣的……」

我殺了科塔……殺了院長？

看著以科塔面容露出的院長笑容，大受打擊的我抽出手，不斷往後退。

但是，一切都已來不及了。

「普通人將被仇恨塗滿，病能者將被這股仇恨燒毀。」

摀著胸前的傷口，院長的嘴邊淌下無數血絲。

「我因你而超越季晴夏，世界也因你而整合為一。」

——喀。

她一直拿在手中的扇子從掌中緩緩滑落，掉到了地上。

「謝謝你……」

渾身是血的她露出幸福無比的笑容，對我說出了身為科塔的最後一句話。

「謝謝你完成了我的願望。」

「啊啊啊啊啊啊啊啊啊啊——————！」

隨著我的這聲慘叫。

我這個最初病能者殺了滅蝶首領的影像傳到了世界各地，激起了人類的怒火。

世界變得一團混亂，再也無可挽回。

就像被這樣殘酷的事實擊垮，我閉上了雙眼，陷入了昏迷。

DANGER! DANGER! DANGER!

病能
他人的手

病能領域
僅有自身

疾病源頭：裂腦症（Split-brain）
在談這疾病前，我們必須先談一談大腦的構造。
很多人都知道大腦分成左腦和右腦，但應該很少人知道其實左右腦之間，只有一塊名為「胼胝體」的組織做連結。
人可能會因為手術和意外切斷「胼胝體」這個組織，一旦失去「胼胝體」的連結，左右腦就會分開，形成裂腦。
左腦和右腦負責的功能和擅長的領域是大不相同的，就算是一般人，左腦和右腦下的決定也經常不一樣。之所以不至於產生問題，是因為左右腦會先在腦內溝通，做出一致的決定，不讓日常生活產生窒礙。
但裂腦症的人無法做到此事，失去「胼胝體」這個溝通的橋梁後，左右腦的決定產生了落差，也無法進行整合——可以想像成一個人的身體內具備兩個腦。
於是，被稱為「他人的手」或是「雙手衝突」的現象就這樣發生了。
右手穿衣服，左手卻脫衣服；右手抱自己的太太，左手卻給她一巴掌。
連自己的身體都無法控制，患者心理有時甚至會產生極大負擔，擔心在熟睡時被自己的左手殺死。

DANGER! DANGER! DANGER!

Chapter 6

滅蝶之喪

在無盡的黑暗中，一個有著長長亂髮、穿著白袍的身影站在我的前方。

「晴姊。」

對著前方少了一隻左手的女性，我喚了一聲。

「好久不見了，小武。」

季晴夏側過臉來，對我露出了一如既往的微笑。

我不知道這裡是夢境，還是季晴夏真的透過潛意識在跟我說話。

我只知道，不論過多久，不管發生什麼事，季晴夏的模樣都不會改變。

她永遠是那般閃閃發光，耀眼得幾乎讓人無法直視。

「到底……」

面對這樣閃亮的存在，我不禁抬起頭來，向眼前的季晴夏問道：

「到底我和晴姊妳差在哪邊呢？」

聽到我的問題，季晴夏面向我，單手扠著腰問道：

「怎麼這麼問呢？」

「因為，一定是我缺少了什麼，所以才會永遠比不上妳和院長。」

我看著自己的手說道：

「一定是……我少了什麼關鍵性的力量。」

要是我擁有和季晴夏一樣的力量，或許我就不會殺了季曇春、科塔和院長。

世界也不會因為我走到現在這麼糟的地步。

「噗……」

但是……

聽到我這麼說，就像是忍俊不禁，季晴夏突然笑了起來。

「噗哈哈哈哈哈哈哈哈——！」

看著笑得前俯後仰的她，我不禁感到害臊。

「……也不用笑成這樣吧。」

「抱、抱歉，小武。」

季晴夏用身上的白袍擦掉笑出來的眼淚說道：

「但是，你這個前提也搞錯得太嚴重了吧。」

「我也知道我很狂妄，竟妄想可以追上妳和院長——」

「你錯了，並不是這樣的。」

季晴夏搖了搖頭打斷我的話，向我露出微笑道：

「你還沒發覺嗎？

「你早已追上我和院長了。」

「……咦？」

聽到季晴夏這麼說，我就像是被雷打到般傻愣在當場。

我已經……追上了晴姊和院長？

「是的。」

季晴夏露出「真拿你沒辦法」的笑容說道：

「你還看不出來嗎？為了應付你，院長已使出渾身解數了。」

「就算真是如此好了，但不管我怎麼努力，我一直都在她的計算中打轉啊？」

「應該這麼說吧——她一直把你納入她的計算中。」

露出彷彿看穿一切的笑容，季晴夏說道：

「這不就表示，對她而言，你是個無比重要的存在嗎？」

「……是這樣嗎？」

「不管是『病能者研究院』、『家族之島』還是『和』的事件中，你都扮演了至為關鍵的角色，要是少了你，院長的每一個計策都無法成功。」

「雖然確實是這樣沒錯……」

但也有可能單純是因為我比較好騙吧？

總覺得季晴夏這解釋似乎太過於樂觀。

「那麼，我再問你一件事吧。」

將手伸到白袍中，季晴夏模仿雲悠然的樣子甩動袖子說道：

「你是怎麼打敗雲悠然的？」

「嗯……」

我回想剛剛戰鬥的過程。

面對有如bug的她，我束手無策，所以我賭上一把，開啟五感共鳴完全複製她。

「我化身成了雲悠然，運氣很好地戰勝了她。」

「若是僅憑運氣，有可能化身成雲悠然——化身成最強的人類嗎？」

「……」

「你之所以做得到這件事，是因為你『理解』了她。」

「『理解』……？」

「是的，就是『理解』，而那也是我永遠不會有的力量。」

雖然說著這樣的話，但季晴夏的表情非常平靜，一點落寞的感覺都沒有。

我想，她早就接受了這一切——接受了自己是個永遠無法理解他人的人。

「小武，想必你已經知道了，你是我所製造出來的人類。」

「嗯。」

「但是，我不後悔，也不打算求你原諒。」

季晴夏走到我面前，單手撫著我的臉說道：

「因為——

「因為你是我懷著憧憬所製造的。」

「憧憬……？」
腦袋一片空白的我不敢置信地問道：
「晴姊竟然……會憧憬他人？」
「是的。」
面對滿懷自信點頭的她，我一句話都說不出來。
我會有這樣的反應也是當然的吧？
那個比誰都還特別的季晴夏竟然會憧憬他人？這怎麼想都太讓人意外了。
「小武，這不奇怪的，無關強弱，人總是會憧憬自己沒有的事物。」
「但是，晴姊什麼都不缺。」
「你錯了，擁有這世間所有的強勁，不就也表示喪失了這世上所有的軟弱嗎？」
「嗯……」
「小武，你比誰都還弱小，但你也因此可以站在弱者身旁；你比誰都還軟弱，但你也因你的軟弱而有了溫柔；你走在所有人後方，但你也因此理解了前方之人走過的痕跡。」
對我露出如陽光一般的笑容，季晴夏緩緩說道：
「你做到了所有我做不到的事，你就是我的祈望、我的願望——你就是我最後的救贖。」
看著季晴夏的面容，我的眼淚不由自主地流了下來。
至今為止，我經歷了許許多多的事，但不管是哪個時刻，都不如此刻般珍貴。

我終於在此刻，真正理解了自己是誰。

我一直以為「季武」缺少力量，所以才及不上院長和季晴夏。

但是我錯了。

這份缺少，才是我真正的力量。

就是因為空出了空間，我才能裝下任何人。

「小武，你發現了嗎？你早已比誰都還特別。」

季晴夏撫著我臉的手緩緩放下。

「你的存在本身，就是解開一切的關鍵。」

她轉過身去，像是永遠不會停下腳步般往前直行，不管是她的笑容還是身影，都逐漸隱沒在白光中。

「別忘了，小武。」

以不輸給白光的回眸一笑，季晴夏向我吐出了最後一句話：

「你是『最初的病能者』，也是『季晴夏的弟弟』，更是——

——季晴夏想要成為的人。」

我緩緩睜開雙眼。

總覺得世界一瞬間變得開闊起來，自己也有種重生後的清爽感。

不過攤在我面前的情景，感覺就沒那麼良好了。

到處都是屍體、傾倒的建築物和火燒過的痕跡，宛若人間地獄。

我環顧四周，不知為何，不管是葉藏、院長還是季雨冬都不在了，僅剩下我孤身一人。

而且古怪的事還不只如此。

以我為圓心，我的身邊疊滿了幻肢殭屍的斷頭屍體，就像是有人在守護我不被幻肢殭屍襲擊。

——嗶嗶！

此時，一道輕微的電子聲響從天空傳來。

我抬頭一看，結果發現遍布「和」的蝴蝶機械人先是靠近已經斷頭的幻肢殭屍，發出紅光掃描屍體，在確認幻肢殭屍已經死亡後，它們兩個一組，將幻肢殭屍抬到天空中，一路搬運到「和」的邊緣處，將其扔往下方世界。

「清掃屍體……？」

確實，要是讓屍體在「和」中腐爛，對裡頭居民的健康會是一大威脅，但這很古怪，因為院長的做法，應該已是不在乎這座城市人民的死活了。

而且古怪的事還不只如此。

蝴蝶機械人隨後飛到了我面前，就像是要我觀看，它投影出了影像。

「喪禮……？」

影像的內容，是一場喪禮——一場名為「滅蝶之喪」的大喪禮。

還活著的「和」之居民將死去的科塔院長放入棺材中，在蓋棺前舉辦了盛大的追思會。

這些幸運活下來的人聚集在院長身旁，不斷搥胸痛哭。

透過螢幕，我彷彿聽到了他們悲傷無比的哭聲。

看著這場喪禮，無數疑問在我腦中打轉。

從我昏倒後究竟過了多久？世界又變成什麼模樣了？

還有——

葉藏跟季雨冬究竟去了哪裡？

「季武！我終於找到你了！」

一個蒼老的聲音突然從身後響起，打斷了我的思考！

我轉頭一看，只見一個白髮蒼蒼的老頭不知何時出現在我的身後。

從他的言行舉止和服裝來看，他應該是「和」中的居民。

「這一切都是你造成的！」

老人舉起了手槍對準我大吼：

「要不是你這個最初的病能者，滅蝶者不會死，我們『和』也不會變成這副慘狀！」

「…………」

聽到他這麼說，我不禁默然無語。

不管是誰看到那段影像，都會認為是我殺了院長。

那麼，將一切都怪責在我身上也是正常的。

「我的兒子跟孫女都被殭屍殺了！你這怪物能明白我的痛苦嗎！」

——普通人將被仇恨塗滿。

就像院長說的，這個老人的雙眼滿是仇恨，兩行血淚從他的眼中流了出來。

「要不是有季晴夏，要不是有你們這些病能者——」

——病能者將被這股仇恨燒毀。

面容扭曲的他一邊大吼一邊扣下了扳機！

「我們就能幸福地生活了！」

——砰！

鋼鐵子彈從槍管中旋轉射出。

在此刻，我感受到了異樣。

「好慢……」

明明只開著兩感共鳴，卻像開啟了四感共鳴，周遭的情景變得十分緩慢。

我伸出手去，輕鬆地抓住了那顆子彈，將其捏成了碎末。

「你、你這個怪物！」

老人繼續朝我開槍，但每顆子彈都被我接了下來，捏成了粉。

很快地，他的手槍就發出了「喀喀」一聲，像是子彈打完的模樣。

「我知道現在的我沒資格說這種話，也不像你們滅蝶者一般僅說實話。」

我對他露出有些抱歉的笑容說道：

「但是，我答應你，我會拯救這一切，不讓你們的犧牲白費的。」

我以人類無法反應的速度閃到老人的身後，將這名老人打暈。

「嗯……？」

我看著自己的手。

總覺得身體輕得不可思議。

我使用病能注視自己身體內，試著理解自己。

我的病能需要大量計算，所以雖然「感官共鳴」很強大，卻也常讓我體力不支。

但現在的我發現，當我在發動病能時，大腦的運算負擔變得極小。

我切切實實地變強了，而且這次的進化並非單純前進一兩個檔次，而是飛躍式的提升。

「雖然很不想承認，但應該是和雲悠然的戰鬥讓我得以變得如此。」

在不斷的戰鬥中，我「理解」了越來越多人。

我就像個小偷般，將他們的病能化為己用。

在和雲悠然不斷糾纏後，我得到了名為「第六感」的武器。

現在的我，可以憑藉第六感輔助計算，讓我直覺地找到通往目標的最短路徑。

這種感覺，若要舉最近似的例子說明，應該是「走路」。

走路是人類每天都在做的事，所以人類不會在走路時，思考自己該抬哪隻腳，該舉那隻手，也就是說，那是下意識的直覺行動。

如今的我在加入第六感後，變得連計算都不用，就能發揮身上的病能。

「不過……不能因為方便就使用過度。」

我藉著喃喃自語提醒自己。

要是過度沉浸在第六感中，那就會被世界的聲音支配，成為世界的奴隸。

——季雨冬被我殺死的光景瞬間閃過眼前。

我搖了搖頭，將剛剛浮現在腦中的情景甩開。

就算那是預言——就算那是必定會發生的事，我也要顛覆它。

我絕對不會讓季雨冬死的。

「說到這個，葉藏和雨冬她們到底到哪兒去了？」

「她們為了你，將追兵引開了。」

——「我」的聲音突然從身後響起。

「影片傳到全世界後，不只是幻肢殭屍，所有『和』的人都因為仇恨而想殺了你們一行人。為了讓昏迷的你好好休養，葉藏和季雨冬將追兵引到了遠方。」

我轉過頭去，結果看到了少了一隻左眼的「我」。

「原來……剛剛葉藏說的『援軍』是你。」

季秋人站在我身後，身上穿的風衣隨風搖擺。

季秋人的樣子有些狼狽。

他的身上沾滿了血痕和髒汙，衣服也破破爛爛的。

不過奇妙的是，他穿著的風衣明明是罩在衣服外頭，卻比那些破損的衣物完整得多，像是有好好保護過的模樣。

季秋人居高臨下看著我，冷冷說道：

「你那表情……看到我出現在這邊，你是有什麼意見嗎？」

「是沒有啦……」

我趕緊搖頭。

但再仔細看了看他身上的風衣後，我還是忍不住露出微笑。

——因為那是南身上穿的風衣。

「笑、笑什麼！」

可能知道我在笑什麼吧，季秋人拉了拉身上的風衣試圖將它藏起來，但那是不可能的事。

「你就別藏了，明眼人都知道那是怎麼回事。」

「不要擅自揣測！我跟南姊才不是——」

「喔喔～～『南姊』是吧？」

「很好，你現在是要找我打架是嗎？」

季秋人跳下來，一把揪住我的領子！

不過我一點都不驚慌，獲得「理解」力量的我，輕易地知道了現在南在季秋人心中是多麼有分量的存在。

趁著這個難得的機會，我開始報復他之前對我造成的麻煩。

「小的怎麼敢跟您吵架呢？」

我佯裝害怕的樣子搖手說道：

「要是傷到大人身上寶貴的南之風衣，小的就算是死一千遍也擔當不起。」

「這種彷彿季雨冬的說話方式真是令人火大！」

「勸你別打我喔。」

「我就是要打你！」

「勸你不要。」

「別命令我！」

「要是你打我——」

我說出了小學生才會說出的臺詞。

「我就跟南姊告狀喔。」

「——！」

——他揪著我領子的手一瞬間鬆開。

雖然他馬上又重新抓緊，擺出憤怒無比的神情，但我並沒有漏看這一瞬間。

「嘿嘿～～」

控制不住表情的我，忍不住對季秋人露出詭異的笑容。

「嘿嘿嘿嘿嘿嘿嘿嘿嘿嘿～～～～～～」

「你、你再笑我就殺了你！」

「咻咻～～」

突然現身的雲悠然跑到我倆身旁，將雙手擺在嘴邊成喇叭狀說道：

「小倆口好火熱喔。」

「…………………………………………」

我和季秋人同時轉頭以詫異無比的眼光打量雲悠然。

一發現我們在看她，雲悠然就像受驚的小動物般，以迅捷無比的動作縮進了碎瓦礫堆中，消失無蹤。

「…………剛剛那是什麼？」

季秋人指著雲悠然消失的地方說道：

「我好像看見一個戴著項圈的女孩子，是我眼花了嗎？」

「別在意，這世上總是會存在一些生物，是你永遠無法理解的。」

「可是——」

「別再想了，季秋人，思考雲悠然到底想要做什麼，就跟探討小說家究竟怎樣才能不拖稿一樣啊！」

「什麼意思？」

「『一點意義都沒有』。」

「……………」

「總之，別在意那隻莫名其妙的生物。」

我拍了拍季秋人的肩膀說道：

「將我昏倒後發生了什麼事，都跟我說吧。」

身旁的蝴蝶機械人持續轉播著「滅蝶之喪」。

在這樣的錄播下，季秋人緩緩地將我昏倒後的事說給我聽。

「原來，我已經昏迷了三天……」

在這三天中，葉藏和季雨冬不斷暴露行蹤，將想要殺我的和之居民引開。

至於留在原地的我，則託付給了季秋人照顧。

這樣看來，不管是季秋人身上的髒汙，還是我身邊那圈斷頭的幻肢殭屍，都是他這三天拚命保護我後所產生的結果。

「下方的世界一片混亂。」

季秋人滿臉倦容地說道：

「你殺死院長的舉動成了壓倒駱駝的最後一根稻草，『滅蝶』憑藉普通人的恨意，一瞬間統一了世界。」

「但是，統一世界後，院長希望的和平並沒到來，對吧？」

「沒錯，而且狀況反倒變得更糟了。」

季秋人坐倒在地，低頭說道：

「失去了院長這個領導者，『滅蝶』為了爭權奪利分裂成了數塊，開始進行內鬥。」

「無關種族、無關國家、無關立場，僅是為了利益打了起來？」

「就因為『滅蝶』統一了世界，所以這內鬥也蔓延到了全世界，真是諷刺到讓人完全笑不出來。」

季秋人嘆了口氣說道：

「人類和病能者的戰爭是第三次世界大戰，但誰都沒想到，第四次世界大戰馬上就緊接著降臨了。現在世界就跟渾水一般混沌無比，連誰在打誰都搞不清楚。」

「真是慘烈……」

但是……總覺得很怪。

院長是沒預料到這事嗎？

她的執念並非在「統一世界」，而是在「世界和平」吧？

她的死亡雖然讓「滅蝶」征服了世界，但這樣的結果，真的是她所想要的嗎？

——轟隆隆！

此時，地底深處突然傳來沉重無比的異響，打斷了我和季秋人的談話。

隨著這聲地鳴，「和」的地表產生了震動。

這個搖動在持續了約莫一分鐘後，停了下來。

「地震……？」

「不對。」

季秋人搖了搖頭說道：

「『和』是座天空之島，怎麼可能會有地震呢。」

「那這個震動是什麼？」

「我想，是『和』毀滅的倒數時刻。」

「毀滅……？」

「你沒注意到嗎？」

季秋人指著地面緩緩說道：

「『和』的高度越來越低了。」

聽到季秋人這麼說，我使用病能將視點和感受移到島外。

結果發現「和」的高度僅剩原本的一半，要是繼續下降，說不定就會撞擊到地面。

這麼巨大質量的東西撞擊到地面，引起的災難說不定足以讓地球的人口因此少上一半。

「為什麼會這樣？」

不對，不需要問為什麼。

我已經從季晴夏那邊知道了，我的本質和力量在於「理解」。

要是有搞不懂的事，那就去理解吧。

我閉上眼，讓腦中浮現院長那穿和服的美麗身影。

——理解院長。

化身成她。

擁有世界和平的執念，總是只說實話的她，究竟設下了怎樣的計策？

——幻肢殭屍被蝴蝶機械人丟出島外的畫面浮現在我腦中。

「幻肢殭屍……」

發現真相的我猛然抬頭看向季秋人說道：

「我們……我們根本就不該殺了幻肢殭屍的！」

「沒錯，你終於發現了。」

季秋人露出深深的疲態說道：

「院長的計策太完美了，不管我們怎麼做，都找不出解法。」

——這次，讓我回歸本質，僅有實話。

院長根本不怕我們發現她的計策是什麼。

因為這次的她僅有實話——僅有絕對無法更動的實話。

不管我們發現與否，我們要面臨的結果都不會變。

「為了拯救『和』的居民，我們必定要把幻肢殭屍殺死，但這麼做就會正中院長下懷。

「『和』是座空中之島，它之所以能浮在空中，靠的是『病能』這個能源。

「而提供這個能量的，正是原本關在『設施』中的幻肢殭屍。
「為了逼我殺了她，院長將這些幻肢殭屍從市中心的『設施』中放了出來。
「但是，這些幻肢殭屍，其實就是『和』得以浮在空中的動力源。
「所以——殺越多幻肢殭屍，『和』的高度就越低。」
冷汗逐漸布滿我的額頭，我越想越是心驚。

——最初的病能者，季武，你必定會在眾人面前殺了我。

仔細一想，院長這句話很奇怪。
她在說這話時，是在我被第六感和世界的聲音支配之前。
她不可能預料得到之後我會為了和雲悠然對抗，成了世界的奴隸。
「院長絕對不可能說謊。」
而那個方法就是——
她不能違反設定，所以她必定準備了能百分之百被我殺死的方法。
「她想要讓『和』墜落……」
——轟隆隆！
地面再度產生了大幅度的震動！
和的高度又下降了，但沉浸在思考中的我根本沒注意到。
之前和院長戰鬥時的情景竄過我腦中——

無數的幻肢殭屍向我襲擊而來，而我不斷將他們鏟除掉。

但其實我這個舉動，根本就是在間接造成「和」的崩毀。

「所以我才說院長這次的計策是完美的。」

季秋人拉了拉身上的風衣說道：

「面對幻肢殭屍屠殺和之居民的情景，你的選擇只有兩個——一、『親手殺了院長』；二、『不與她接戰，把幻肢殭屍都殺光』。」

「但是，殺了她會點燃普通人的怒火；若是選擇殺了幻肢殭屍，那『和』會墜落。就結果而論，那也算是我殺了她。」

這是個完美的計策。

我在腦中迅速羅列我所能選擇的選項。

但不管是面對、逃走還是捨棄，我都會是殺了院長的原因。

現在的結局是註定的——是無可動搖的實話。

「院長並不只是想要統治世界而已，她真正想做的事……說不定比你我想得還恐怖。」

季秋人的這句話，配合不斷晃動的地面，讓我有種立足不穩的不踏實感。

好像看得到又好像看不到。

院長一直以來的計策都是如此。

一層後還有一層，等到你全部解開後，已經完全來不及了。

「我之所以會這麼說，是因為我覺得——」

季秋人指著自己說道：

「院長跟我是同類。」

「同類？」

「她雖有實體，但那都是虛幻的。」

像是在回憶什麼，季秋人遙望遠方說道：

「我從她身上嗅到了與我相同的虛幻之味，若真要我說的話，我甚至覺得她的虛幻讓她有些脆弱。」

「等一下，你這樣說不太對吧？」

我進行反駁。

「院長雖然已經死了，但她的計策成功地讓世界為之統一，身為『世界和平』的執念讓她走到了這步，這樣的她，又怎能稱之為脆弱——」

「你還不懂嗎？季武。」

季秋人以那與我一模一樣的右眼看著我說道：

「為了『世界和平』而活，若換個方向解釋，不就表示她是為了他人而存在的嗎？」

「為了……他人？」

季秋人的話就像榔頭，狠狠敲了我的後腦杓一下。

我感到腦中隱隱閃爍出了什麼。

「她的實話是為了讓他人相信自己，她的執念是為了讓他人定義自己，你現在所面對的並非世界和平的執念，其實只是一個空殼罷了。」

季秋人的聲音低了下去。

「因為，那就跟之前的我一樣。」

「…………」

我的腦中憶起了過去的情景。

連自己是誰都不知道，為了擁有家人，季秋人甚至捨棄了季曇春，化身成了我。

「院長和我一樣，都是因為有了他人才得以成立的脆弱存在。」

季秋人看著自己的手說道——

「她和我一樣……

「都不過是個謊言而已。」

看著季秋人那嘆息的身影，我先是沉默了一會兒。

但是，最終我還是忍不住。

——啪。

我走到他面前，重重地拍了一下他的肩膀！

「別胡說八道了。」

聽到我這麼說，他抬起頭來看了我一眼。

看著另外一個自己，我以堅定的語氣說道：

「現在的你，已不再是個謊言了。」

「……」

「你有了南，在她眼中，你毫無疑問的是『季秋人』。」

我大聲說道：

「你已經是跟我完全無關的另一個人了啊！」

聽到我的怒吼，季秋人先是露出了些許驚訝的神情。

接著——

「哈哈……」

不知為何他開始大笑起來。

「哈哈哈哈哈哈哈哈哈——！」

「……你還好嗎？」

「不好——當然不好。」

雖然這麼說，但季秋人用手將瀏海梳到後方，露出毫無陰霾的笑容說道：

「真是的，竟然被你這種人鼓勵，我到底是怎麼了。」

「……我並沒有鼓勵你的意思。」

「我也不想被你這種人鼓勵。」

季秋人朝著我張開了手掌！

「『家人製造』！」

他朝我喝了一聲！

我本來以為他要對我使用病能，但下一刻我就知道不是那麼一回事。

我環顧四周才發現，我和季秋人已經被大量的幻肢殭屍包圍。

季秋人朝他們伸出手，然後這些幻肢殭屍就像被定身般動彈不得。

雖然眼下有著深深的黑眼圈，但季秋人仍一邊喘氣一邊說道：

「這三天……為了讓『和』的居民活下來，我將所有幻肢殭屍都引來這邊了。」

「全部？怎麼做到的？」

「你忘了我的病能嗎？」

「啊……」

家人製造──將人類變成自己家人的病能。

我看著包圍我們的幻肢殭屍，他們就像是服從季秋人一般，注意著季秋人的一舉一動。

「我不斷散發我就是他們家人的信號，將他們引來此處，這些幻肢殭屍的智商非常低，一下就會被我的病能所感染。」

「你整整三天……不眠不休地這麼做？」

難怪他看起來如此疲憊。

「要是我沒這麼做，『和』的居民早就全都變成幻肢殭屍了。」

「……這真不像你會做的事。」

那個曾為了殺我，不惜犧牲一切的季秋人，竟然會為了守護眾人這麼做。

「我這麼做，並不是為了贖罪或是挽回什麼。」

季秋人站了起來，拍了拍身上的風衣，低聲說道：

「我之所以這麼做……是因為南姊在看到大家都死光後，會露出悲傷的表情。」

「所以，你是為了不讓她悲傷才這麼做的？」

「…………」

季秋人轉過頭去，沒有理會我。

但那個沉默，其實就等於承認了一切。

「季武。」

他背對著我說道：

「我現在要將這些幻肢殭屍都殺光。」

——轟隆隆！

隨著他這麼說，「和」再次產生震動。

「可是，若是再減少幻肢殭屍的數量，說不定『和』就會一口氣墜落——」

「不，我想『和』應該還能再撐一會兒，但是我已經到了極限。一旦我解除控制，這些幻肢殭屍就會再度開始增殖，殘害他人。」

他轉過頭來，眼睛深處有著深深的疲乏。

「雖然知道這是飲鴆止渴，但我還是得盡量減少幻肢殭屍的數量，免得他們一瞬間將普通人殺光。」

「嗯……」

「雖然必須拜託你讓我很不甘心，但是，請你拯救『和』裡頭的人吧。」

「因為，南也在那些人裡頭嗎？」

「上次你雖然救了她的性命，但還是留下了不少後遺症。現在的她，不但雙腳無法行走，就連病能都完全丟失了。要是『和』的狀況繼續變糟，我想她一定活不下去吧。」

「那麼，季秋人，為何你現在會在此處？」

「嗯？」

「為何這三天，你要守在我的身旁？」

你要待的地方，應該是滿目瘡痍的南身邊吧？

「南姊希望我過來，而且——」

他再度將臉轉過去，背對我說道：

「我欠你恩情。」

「……」

「你救了南，這個恩情我一輩子還不完。」

「嗯……」

「但是，你也別跟我道謝。」

他緊握雙拳說道：

「你殺了曇春姊，我永遠無法原諒你。」

無法原諒、無法感謝——無法和解。

我想，我跟季秋人之間，大概一輩子都會是如此吧。

儘管我們的外表幾乎一模一樣，但我們就像是兩條平行線，永遠不會有相交的一天。

「放心吧，我不會感謝你的，但是——」

我對他許下誓言。

「就算是為了南，我也會解決這一切的。」

面對我的宣言，背對著我的季秋人沒有任何回應。

但是，我注意到了，他緊握的拳頭緩緩鬆開。

不再有所顧忌的他，以穩定的步伐，緩步走到了那一大群幻肢殭屍面前。

「各位！許久不見！」

朝著所有幻肢殭屍張開雙手，季秋人大喊道：

「我是季秋人，是個沒有任何家人的孤獨之人！」

季秋人的風衣，不斷隨著他的話舞動。

「但是，從今天起，你們就是我的父母和兒女，也是我的兄弟與姊妹。」

季秋人左手上的蝴蝶記號閃閃發光，就像是在燃燒最後一份燃料！

「讓我用親情束縛你們，讓我成為你們的家人！」

就像被季秋人的話分開。

——啪！

幻肢殭屍自動分成了兩邊，對峙而站！

「讓我們用殺戮代替擁抱、讓我們用殺戮代替親吻——讓我們用殺戮來互訴愛意！」

季秋人手一揮！

「我的家人啊——」

「讓我們展開一場盛大的自相殘殺吧！」

場面很快地就陷入混亂。

分成兩邊的幻肢殭屍打成一片，因為他們生命力都很強健的關係，一時之間斷頭、斷手、斷腳在天空到處飛舞，血腥得宛如地獄。

不用一分鐘，面前的數千具幻肢殭屍就全死光了。

在一片倒下的軀體中，季秋人昂然而站，一動也不動。

「季秋人……？」

我走近一看，發現他就這樣站著暈倒了。

「真是愛逞強的傢伙啊。」

明明是我的複製人，個性卻跟我全然不同呢。

我將他藏在隱密的瓦礫處，讓他不會被幻肢殭屍或是和之居民找到。

——轟隆隆！

此時，一陣劇烈無比的震動再度響起！

這次的震動比之前都巨大。

因為季秋人殺了大量的幻肢殭屍，「和」的高度一口氣下降了幾百公尺。

本來水平的地表似乎都因這震動而產生了些許傾斜。

等到好不容易平息後，無數的蝴蝶機械人飛了過來，將我面前死掉的幻肢殭屍全數抬起，運到了「和」的邊緣處，丟到下方世界。

「嗯……？」

總覺得有股違和感。

總覺得……自己似乎忘了什麼重要的事？

不安的我開啟病能，追蹤那些被往下丟的幻肢殭屍。

結果發現他們落到地面後變得支離破碎，並沒有產生什麼值得注意的現象，就連墜落地點也都沒有固定，蝴蝶機械人根本是到處亂丟，不過短短三天，世界各地都有了幻肢殭屍的屍體。

原本院長的計畫，是要讓「和」墜落。

將幻肢殭屍拋出島外，其目的應該是要讓死掉的幻肢殭屍停止供應「和」能源。

「但是……好奇怪。」

我也說不上是哪裡奇怪，只是直覺感到不對勁。

我下意識地抓住這股不祥的預感，試圖沉浸到裡頭，想要去理解它的面貌——

我趕緊搖頭，將剛剛的念頭甩開。

「要是再繼續使用第六感，說不定又要被『世界的聲音』支配了。」

——遠方隱隱傳來了騷動。

「現在……還是先解決幻肢殭屍的事吧。」

我將視線轉向前方。

透過病能後我看到了，失去季秋人的控制和約束，大量的幻肢殭屍聚在一起。

彷彿軍隊的他們開始行軍，不管走到哪處，該處就會陷入火海、寸草不生，而他們的目的地正是——

「院長的喪禮會場……」

喪禮會場在東邊的一座小山上。

大概因為「和」還活著的人都聚在那邊的關係，所以幻肢殭屍才會朝著東邊前進。

這是支無敵的軍隊。

殺了他們，「和」就會墜落。

要是不殺他們，他們就會殺了所有人。

「只能這麼做了……」

我發揮病能強化肉體往東邊跑去，以高速掠過了幻肢殭屍軍的旁邊。

「只要趕在幻肢殭屍之前抵達喪禮會場，就能拯救和的居民。」

我知道我說的話他們一定不會聽。

但是，他們對我有著深深的恨意。

只要我出現在該處，他們應該就會為了殺我而追來。

就像用胡蘿蔔調動馬，我就能用引誘的方式將他們拉離幻肢殭屍軍。

「諸位『和』的國民啊！我們『滅蝶』失去了一位偉大的領導者！」

越來越靠近東邊的小山，我聽見了喪禮會場的主持人聲音。

「三天前，『滅蝶者』被最初的病能者——季武卑劣地殺死，使我們落到了這番悽慘的境地。」

聽到這樣的話，所有人開始咒罵起我來！

「但是，即使在這樣的絕境中，我們也不能忘記我們都是『滅蝶者』的子民。」

主持人以擲地有聲的聲音不斷說道：

「她是高潔的、她是睿智的、她是美麗無比的，名為科塔的她只要許下承諾，那就必定會實現！」

聽到此處，「和」的居民開始不斷啜泣。

「全世界都在注視著這場喪禮，身為『滅蝶者』子民的我們，絕對不能讓她丟臉！」

主持人振臂疾呼：

「就算面臨不斷蜂擁而來的幻肢殭屍，我們也不能陷入絕望！」

「咦……？」

聽著主持人的話，不祥的預感再度從我心中冒了出來。

「今天要是『滅蝶者』還活著，她必定會守護我們，但現在我們必須代替她守護我們自己。」

「不對，這不對……」

因為就是院長將這些幻肢殭屍放出來的，她並非是守護你們的那方。

「各位！現在要蓋棺了！讓我們低頭祝禱，共同送『滅蝶者』最後一程！」

我漏了什麼？我究竟漏了什麼重要無比的事？

心中的不協調音越來越大、越來越大——

——只要殺了控制他們的我，這些殭屍就會停止殺戮。

「等一下……」

我的腦中閃過了過去院長曾說過的話。

「這不太對勁……」

為什麼幻肢殭屍還在動？

我親手殺了院長，在我殺了她的那瞬間，所有幻肢殭屍就應該停止行動才對啊？

他們之所以還在行動，只有一個結論——

那就是院長還活著。

「咦？好有既視感……」

這種經歷之前也有過——

在哪時呢？

我拚命攪動自己的腦汁，搜索自己的記憶。

「就在、就在——」

——就在院長占據科塔的那刻！

「快停止這場喪禮！」

雖然知道不會有任何人聽到，但我還是不禁大喊。

「院長要的就是這場喪禮啊！」

雖然死掉了，卻彷彿活著。

吸取人類的心痛復活——「幻痛再生」。

「要是繼續下去，院長會復活的！」

「和」到處都是幻肢殭屍的屍體，他們散發出的病能提供了充足的燃料。

若是吸取了數萬人的心痛，點燃這些燃料復活——

「那麼，院長究竟會變成怎樣驚人的模樣？」

光是稍稍想像，我的脊背就為之一涼！

我朝前伸出手，想要阻止蓋棺的動作！

但是，雖然病能讓我感知到了現場的狀況，但實際的我離喪禮會場還有好幾公里遠。

「快來個人停止這一切啊——！」

不管是我的大喊還是行動都是徒勞的。

——喀。

就在棺木關上的那刻，異變發生了。

我看到了所有「和」之居民身上散發出點點白光，這些白光聚集到了天上，化作了一個小女孩的形狀。

「『和』——不，所有『滅蝶之國』的人啊。」

全身散發白光，穿著華麗和服的科塔院長，突然出現在棺木上方。

沒有靠著機械蝴蝶借力，她就這樣浮在半空中。

所有「和」的人都抬著頭，仰望著空中那宛如神明的白髮小女孩。

「吾是『滅蝶者』，統治世界的王，也是率領世人邁向世界和平的存在。」

攤開手上的扇子，院長露出高雅的笑容說道：

「歷經了許久的時間和準備，吾終於能以這副模樣復活。

「所以——

「敬佩吾吧。

「崇拜吾吧。

「信仰吾吧。

「只要接受吾的領導，吾就會將你們想要的事物賜給你們。

「吾只會說實話。

「所以，吾的允諾必定會實現。

「記住吾的長相、記住吾的身姿——記住吾這個帶領世界邁向下個階段的重要存在。

「請所有人記住吾之名字——」

院長將扇子向前一指！

「吾之名為——『科塔』！」

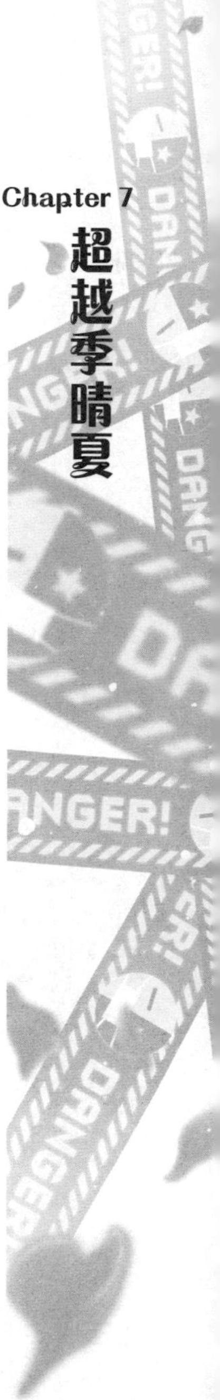

Chapter 7 超越季晴夏

泛著白光的院長，感覺神聖無比。

從她出現的那刻，所有聲音就像被她吸走似的，整座小山悄無聲息。

被她巨大的存在感所震懾，「和」之居民雙膝一軟，不由自主地跪了下去。

「季武，這就是我計畫的終點。」

——院長的聲音突然從我身邊出現。

我轉頭一看，明明院長剛剛還在東邊的小山上，卻瞬間出現在還有數公里外的我身旁。

「瞬間移動……？」

「不，只是現在的我不受地理的限制罷了。」

就像是為了要證明她的話，她又回到了東邊的小山上。

接著就在我眨眼的那刻，她再度回到了我身旁，對我微笑說道：

「我由無數人的心痛所產生，所以只要有為我心痛的人存在，身為『滅蝶者』的我就能出現在該處。」

就像掙脫了人類肉體的限制，院長飄浮在半空中，身上的和服不斷隨風舞動。

「我成了『滅蝶』的信仰，成了永恆不滅的存在。」

「妳這樣……根本就不算是人類了吧？」

「不，我毫無疑問的是人類喔。」

院長搖著身後的長長白髮，飛到我面前拉起了我的手。

跟之前她還是虛擬程式時全然不同。

她的手既柔軟又具有溫度，感覺起來就像是真實的人類。

「你看到的模樣，就是他們心中的我，也是我想成為的模樣。」

「所以，妳一輩子都會是這樣？」

「是的，不管過了幾百年、幾千年，我都會是如此。」

——我的手一空。

在此同時，我手中的溫暖也隨之消逝。

我面前的院長化作一股白光，接著在我面前三步處聚合。

「我憑藉所有人的心痛和想像而再生，既然他們覺得我是人類，那我就毫無疑問的是人類。」

「…………」

似真實假、似假實真。

透過成為人類後被我殺死，院長成了超越人類的某種存在，不受地理和壽命的限制。

「我是科塔，但同時也是『滅蝶』的神。從今以後，再也沒有人可以撼動我。」

院長搖動扇子。

數千名幻肢殭屍突然出現，將我圍了起來！

「接著，只要把可能礙事的存在抹消掉，我就能繼續統治世界，讓世界和平。」

數百隻幻肢殭屍朝我跳了過來！

無法殺了幻肢殭屍，也沒有任何辦法對付院長。

要是以往的我面臨這個狀況，想必就會放棄了吧。

但是，如今的我已不同了。

因為，我不再是一個人了。

靠著理解，我能成為任何人。

我緩緩閉上左眼，模仿「另一個我」。

我朝著身旁的幻肢殭屍伸出手。

「『家人製造』。」

將這些幻肢殭屍變成家人，我操控他們，讓他們在我面前組成了人牆。

——砰！

衝過來的幻肢殭屍和人牆撞在一起！

就像保齡球撞到了球瓶，在一聲清脆的聲響過後，無數的人類在天空飛舞。

「統統不准動！」

就像被我的話語給定身，所有幻肢殭屍黏在地上，一動也不動。

「全員聽我的號令——」

我伸出食指後反轉手腕，指向地面！

「跪下！」

——啪！

聽從我的號令，黑壓壓一片的人跪了下來。

「喔喔——你又變厲害了，季武。」

用扇子遮住臉下半部的院長毫不緊張地說道：

「看來幻肢殭屍已經完全不足以對付你了。」

「解決幻肢殭屍後……接著就輪到妳了，院長。」

我轉頭看向她，緩緩說道：

「我要將妳摧毀掉。」

「先不談你要怎麼做到這事。」

渾身發出白光的院長指著東邊山上的和之居民說道：

「就算你真的再一次摧毀了我，只要還有信仰我的人存在，我就能憑他們的心痛無限復活。」

「即使如此，我也要打敗妳。」

「你要怎麼做？」

「我也不知道，但是，我很快就會知道了。」

我開啟病能，右手握住了虛擬的扇子輕輕搖動。

「我要『理解』妳。」

院長成為「滅蝶」的神和信仰，無人能觸及她。

我不知道她的弱點、不知道她的破綻，不知道她的計畫全貌。

但是，有一個人知道一切真相。

「那就是妳自己。」

用虛擬的扇子遮住臉的下半部，我緩緩說道：

「只要問身為院長的自己，那她就必定會將解法告訴我。

「因為，我僅說實話。」

將那副神聖又莊嚴的身影映入眼中。

我開始沉入院長的想像中。

「季武，你不覺得我是這個世界不可或缺的存在嗎？」

在我面前的院長向我如此說道。

但專心使用病能的我並沒有理會她。

「世界需要一個可以控制局面的人，而我就是最適合的人選。」

院長飄浮到我面前，從下方仰頭看著我說道：

「你仔細思考一下，除掉我，對這個世界真的是一件好事嗎？」

「確實，這不一定是好事。」

現在世界的混亂，正是證實了院長的說法。

「你知道嗎？將病能變成能源是我所創造的科技，也就是說，是我帶大家邁入了下個世代。」

「我知道。」

「雖然我靠著敵視病能者得到大量支持，但我並不會將病能者全都屠殺掉。」

「對世界而言，病能者是必要的；要是沒有病能者，人類腦中的恐懼炸彈就會引爆。」

模仿她的呼吸、模仿她的思考，我感到一層又一層和服披到了身上。

現在的對話，並非是季武和院長的對話，而是兩個院長的對談。

「所以，若是我統治了世界，我會將病能者全數變成幻肢殭屍。」

「幻肢殭屍不會思考，我們可以從中得到可供運用的能源，也能讓人類有恐懼的對象。」

我和院長的思考，漸漸地重合在一起。

「現在的我不受地理環境限制，靠著蝴蝶機械人輔助，我能嚴密監控人類，壓低犯罪率並提供更好的生活。」

「身為執念的我不會說謊、不會貪汙、不會偏私——而且永遠不會死亡。」

「只要犧牲一點點數量的病能者，我就能讓全體人類得到不可動搖的幸福。」

我和她齊聲說出了實話——

「身為科塔的我，必定能讓世界和平。」

深呼一口氣，我從化身成院長的想像中脫離而出。

「季武，現在的你，已經比誰都還瞭解我的所思所想。」

院長用扇子指著我問道：

「即使如此，你還是要妨礙我嗎？」

隨著院長的問話，我的腦中出現了過去「和」幸福的景象。

病能者被院長監禁、控管起來，以此為代價，人類得到了用不完的能源。

這世界不再有犯罪，環境不再有汙染。

所有人都能露出幸福的笑容。

「這樣……是不行的。」

我搖了搖頭，否定了這個未來。

「為什麼，就因為我犧牲了病能者嗎？」

「這個一定……不是晴姊規劃的藍圖。」

世界雖得到了和平，但是這樣的和平並不完整。

「院長，我問妳。」

「嗯？」

「沒有病能者的世界雖然美好，但在那樣的世界中，我和晴姊怎麼辦呢？」

我向面前彷彿神明一般的院長問道：

「我跟晴姊，根本就不能在這樣的世界中存活下去吧？」

「也就是說，你要為了自己的生命，否定全世界人類的幸福？」

「我並非單純是為了自己的性命。」

我的腦中，閃過了季雨冬的身影。

「若是我和晴姊都不在，那雨冬該怎麼辦？」

「跟世界和平比起來，那不過是微不足道的私情而已。」

「啊啊，那確實是私情，但那又如何？」

「季武，你太過自私了。」

院長雙眼中閃出寒光說道：

「就是因為人類太過於自私，這個世界才永遠不會和平。」

「院長，妳還不懂嗎？這就是我之所以否定妳的理由啊！」

我撫著胸膛大喊：

「因為人類要的，並不是只有『世界和平』！」

院長是正確的——毫無疑問的正確。

但是人類擁有的，並不是只有正確。

對著眼前神聖又毫無缺陷的女神，我不斷地訴說人類的醜惡。

「人會為了一個人而甘願被殺。」

——就像季曇春。

「人會因為一個人而殺了自己。」

——就像季雨冬。

「人會因為一個人而犧牲很多人。」

——就像季秋人。

「人甚至會因為一個人而將全世界弄得亂七八糟啊！」

——就像季晴夏。

「構成人類的並非美好之物，我們脆弱、我們軟弱，我們比誰都還感情用事，我們和妳不一樣，我們是充滿缺陷的生物。」

「就是因為人類充滿缺點，所以才要由完美的我來進行管理。」

「錯了，院長，妳大錯特錯。」

「我錯在哪裡？」

「妳自己也說過，唯有人類能統治人類，那麼——」

我推開院長指向我的扇子，大聲說道：

「不瞭解人類軟弱的妳，又要怎麼站在人類身邊？」

妳不懂人類的弱小，那妳又怎麼能算是人類？

妳的執念讓妳進化成現在這副完美且神聖的模樣，但這也讓妳與所有人類背道而馳，漸行漸遠。

「所以，讓我來拯救妳吧！」

我走到院長面前，抓住她的手。

院長先是露出驚訝的神情，但又隨即露出微笑。

「我不需要拯救。」

「不，妳連自己都不知道自己需要拯救。」

不斷改變外形和存在方式，妳或許已經連妳自己是誰都不知道。

「但是，我理解妳。」

我是唯一能理解妳悲哀之處的人。

「所以，讓我來了結妳這個執念吧！」

打開四感共鳴，一股無色無味的不祥之氣從我身上散發出來。

那是原本源自於科塔身上，再危險不過的病能。

「『死亡錯覺』！」

隨著我的大喊！東邊的喪禮會場產生了異變。

——咚。

先是一個「和」之居民倒了下去。

接著，就像是骨牌一般，無數人跟著倒了下去。

不過幾秒鐘的時間，所有人就像是睡著一般趴在了地上。

「真沒想到……」

院長遙望東邊說道：

「你竟然可以從這麼遠的地方，讓數萬人陷入假死狀態，而且也沒解除掉控制著幻肢殭屍的『家人製造』。」

只要不讓感染「和」之居民的死亡錯覺強度過強，他們就不會當場死去，而是能以這狀態沉睡好一陣子。

這是以往的我絕對做不到的事，但有了第六感的輔助後，我的病能不只威力變得更強，就連計算的負擔也小了許多。

「就在剛剛化身為妳後，我明白了。」

我看著眼前的院長緩緩說道：

「妳要憑著他人的心痛復活，需要有兩個要素：那就是『為妳心痛的人』以及『提供病能的幻肢殭屍』。」

「原來如此，所有和之居民都陷入假死，就沒有人會為我心痛了。」

「就算現在把妳殺死也沒關係，只要在和之居民醒來前，清除所有幻肢殭屍，那麼失去燃料的妳，就再也不能復活了。」

我一步步地走到院長身前。

她身上的光芒，似乎變得比剛剛黯淡了一些。

我的計策奏效了嗎？我不知道。

院長並沒有任何抵抗，她僅是靜靜地注視著我，不逃也不躲。

她朝我伸出雙手，彷彿要尋求擁抱。

「這已經是第幾次我因你而死了呢？季武？」

「……第三次吧。」

「不論幾次，你都會來殺我嗎？」

院長以科塔純淨的雙眼看著我說道：

「你會……一直來追逐我嗎？」

這真的是很奇怪的緣分。

我總是身在院長的計策中，而她也總是將我放在關鍵處。

在病能者研究院，我因她找到晴姊。

在家族之島，我因她而拯救了雨冬。

在「和」中，我因她理解了自己是誰。

要不是她一直以來的推動，我不會變成今天這副模樣。

雖然我總是說我一直在追逐晴姊，但此時我突然意識到了——

在不知不覺中，我似乎也將院長納入自己的理想中了。

僅憑「實話」這項不怎麼樣的病能，院長走到了與季晴夏並駕齊驅的地位。

或許……

或許我曾希望過，我也能做到像她那般。

充滿執念，永不後退。

「放心吧，不論幾次，我都會在妳身邊的。」

——噗嗤。

沒有任何抵抗和轉折，我的手就這樣輕易地插進她的胸膛。

「因為，就像妳曾說過的，我是唯一一個，以毫無雜質的目光看著妳的人。」

「有這樣的人……似乎也不錯。」

院長嘴邊流下血絲，不知為何露出滿足的笑容。

她的身體化作絲絲霧氣。

一切……就這樣落幕了嗎？

「不過，光是如此，並不足以消滅我喔。」

院長散發出的霧氣變成了白光。

她雙手緊緊抓住我插入她胸膛的手，露出燦爛的笑容。

「你雖瞭解了我，但你瞭解得不夠全面。」

我驚訝地看著院長，結果發現她身上發出的白光比之前更加強烈。

這陣白光逐漸修復她的肉體，再生出來的肉塊填滿了她胸口的洞，將我的手推了回去。

「為什麼……？」

我退了幾步，詫異無比。

我的策略應該是正確的，應該不會出錯啊？

院長又在用實話說謊了嗎？

「季武，這次的我，僅有實話。」

院長的身後，長出了兩片絢麗的蝴蝶翅膀。

「你在化身為我時得到的解答是正確的。現在的我之所以能存在，靠的是『為我心痛的人』以及『提供病能的幻肢殭屍』。」

院長浮到了空中，她身上穿的和服不斷變厚、增多——越來越華麗。

別說虛弱了，她這副模樣看起來甚至比之前強勁許多。

「到底……是誰還在為院長心痛？」

所有「和」之居民都陷入假死，雖然我和葉藏會對院長心痛，但我們的心痛並不足以讓她變成這副模樣。

「季武，你一直以來，都看錯了該注意的地方。」

像是為了要證明她所說的話，院長手一揮。

——喀！

所有幻肢殭屍都自己折斷了自己的脖子。

數萬人同時死亡倒了下去，揚起了無數沙塵。

——轟隆隆！

就像被這些屍體震撼著，地表產生了大幅度的晃動！

「和」的高度，開始不斷往下跌！

「妳在做什麼！」

失去了幻肢殭屍提供的動力，「和」就要墜落了啊！

「要是和的人全部死光，那該怎麼辦？」

「那對我而言，一點影響都沒有。」

「怎麼可能！要是失去了『和』之居民的心痛，妳也無法繼續存在吧？」

「季武，我根本就不需要『和』的人為我心痛。」

「咦……？」

「就算少了他們，對我來說也不痛不癢。」

「這到底是……怎麼回事？」

我不斷回思。

既然我已經拿到了所有線索，那就只要回憶就好了。

因為，院長的每句話都是實話，都是解開真相的鑰匙。

——我由無數人的心痛所產生。

「無數……人？」

——統一世界後，院長希望的和平並沒到來。

「世界變得一團混亂，不管哪裡都在戰爭……」

——機械蝴蝶不斷將死掉的幻肢殭屍往「和」的外頭丟。

「所以……不管是世界的哪個角落，都有幻肢殭屍存在……」

——院長的計策是完美的。

靠近真相的我感到喉嚨乾渴、呼吸急促。

我一直搞錯了很重要的一件事。

既然院長原本安排的計畫中，含有讓「和」墜落的部分，那就表示她根本不在意「和」之居民的性命。

院長是世界和平的執念，她所注視的地方，一直是「世界」而非「和」這個空中之島。

所以，我不能僅是理解她而已。

我必須瞭解整個世界。

我展開最大的病能，在一瞬間向全世界發起探查——

「——好希望『滅蝶者』還活著。」

我聽到了一個人的心聲。

陸陸續續的，越來越多聲音湧入腦內。

「要是『滅蝶者』在，『滅蝶』就不會內戰了。」、「『滅蝶者』若是領導人，我根本就不用和病能者戰鬥。」、「雖然是敵人，但之前『滅蝶者』還在世時好多了，至少他們不會殘害一般人。」

世界的狀況比之前糟糕許多。

不管是普通人還是病能者都戰成一團。

在我的探索下，我甚至看到了葉柔和她率領的病能者陷入了苦戰。

「媽媽在時……狀況似乎還比較好。」

就連葉柔都不禁這麼想。

失去院長的控管後，世界徹底成了一個弱肉強食的無秩序世界。

「要是『滅蝶者』在就好了。」、「要是『滅蝶者』在就好了。」、「要是『滅蝶者』在就好了。」、「要是『滅蝶者』在就好了。」、「要是『滅蝶者』在就好了。」、「要是『滅蝶者』在就好了。」、「要是『滅蝶者』在就好了。」、「要是『滅蝶者』在就好了。」

——所有人都這麼想。

不管是病能者還是普通人都這麼想。

全世界都在為院長的死而心痛。

散落在各地的幻肢殭屍屍體，不斷吸取他們的心痛，提供院長繼續存在的燃料。

——我成了「滅蝶」的信仰，成了永恆不滅的存在。

這股巨大的心痛，讓院長不斷再生。

「季武，只要不再有人為我感到心痛，我就會消失。」

全身閃著白光的院長輕笑道：

「但是，給予我心痛的人，可是『全世界』啊。」

「全世界……」

這個過於巨大的規模，讓我的思考一瞬間停止了。

「只要你殺了全世界的人，那麼我就會消失喔。」

「這怎麼可能……做得到？」

「是的，這是做不到的。」

院長輕搖手中扇子，露出彷彿不像是人類一般的笑容說道：

「在你殺死我的那刻，我的實話就說盡了，還記得嗎？那時的我是這麼說的——

「謝謝你殺死我，讓我超越了季晴夏。」

我仰頭看著散發出溫暖光芒的院長，腦中一片空白。

只要有為她心痛之人，她就能不斷復活。

所以要殺了她，就必須先殺了全世界的人類。

但這根本是不可能的事。

「這就是……完美無缺的計策……」

根本沒有翻盤的可能性。

若真如她所說的，她已超越季晴夏，那我根本束手無策——

「武大人，並不是毫無希望。」

在這個絕境中，一道再熟稔不過的聲音突然從我身旁出現。

我轉頭一看，只見不知何時，葉藏和季雨冬已來到我的身邊。

「雨冬……」

季雨冬穿的服飾雖和平常一樣，但她的頭上多了一頂水晶王冠。

那是——季曇春之前戴在頭上的王冠。

「院長。」

季雨冬走到閃閃發光的院長面前，向院長低下了頭。

院長俯視著季雨冬，輕皺眉頭說道：

「事到如今，季晴夏的妹妹還來這邊說什麼？」

「就是因為身為季晴夏的妹妹，所以奴婢才過來此處的。」

「嗯？」

「院長，就算妳真的勝過了姊姊大人，也不代表妳就超越了所有人。」

季雨冬雙手交握在身前，以婢女的姿態恭謹說道：

「因為——

「——妳還沒有勝過季晴夏的妹妹呢。」

——轟隆隆！

地震就像是永無止境般不斷持續。

依照我的探測，再十分鐘「和」就會降到無可挽回的地步。

「我曾想過，若真有人能破解這計策，這人選非季晴夏莫屬。」

居高臨下的院長，用不解的眼神看著季雨冬說道：

「只是出乎我意料的，在最後這刻，出現在我面前的並非季晴夏，而是她的妹妹。」

「雨冬……」

我以擔心的目光看向季雨冬，她則對我露出了希望我放心的微笑。

「交給我吧，武大人。」

「主人。」

葉藏站到我的身邊說道：

「雨冬師父說，這是最後的決戰了，請你適時的輔助她。」

「等一下，這也太亂來了，身為普通人的雨冬，要怎麼對抗她？」

「她說：『破壞母親大人的關鍵，說不定就在主人身上』。」

我？

摧毀院長的關鍵就是我？

我聽得滿頭霧水。

但是，現在的情勢，不容許我詢問季雨冬。

「院長。」

季雨冬指著頭上的水晶王冠。

「妳知道這是什麼嗎？」

「嗯……雖然模樣有些差異，但那是季曇春留下的王冠？」

「這個本來是她用來和同伴說話和聯絡的道具，但是經奴婢改造後，它可以跟一定範圍內的人說話。」

「單靠這個道具，妳就想打敗我？」

「不是的。」

季雨冬搖了搖頭後說道：

「打敗妳的，將會是妳自己的實話。」

在我和院長因為季雨冬這句話感到詫異時，葉藏走到了季雨冬身邊。

她們並肩站在一起，手牽著手，就像是想要一同對抗院長。

「發動病能——」

葉藏將脖子的圍巾拆掉，裡頭的蝴蝶記號閃閃發光。

「等一下！葉藏！妳為何要發動病能？」

妳的病能只能扭曲空間，但這對現在的院長一點用都沒有，根本就只是徒然浪費體力而已。

「武大人，奴婢剛才不是說了嗎？」

季雨冬對我露出微笑說道：

「這頂王冠，可以讓我跟『一定範圍』內的人說話。」

「妳們該不會想——」

「就是那個該不會喔。」

「主人，接著我要扭曲距離，將全世界都納入這頂王冠的影響範圍內。」

「全世界？這樣妳的負擔不會太大嗎？」

「一點都不大，只是將視線拉過來而已，而且——」

葉藏向我露出堅決的微笑說道：

「只要主人需要，我就能為你做到。」

她的語氣非常淡然，就像這不是什麼了不起的事一般。

看著她那可靠的身影，我不禁有些入迷了。

葉藏成長得比誰都快。

現在的她已是完全不同的人。

想必只要她想保護誰，她就必定能守護吧。

「世界啊，聽從我的號令，聚集到我的身邊——」

葉藏緩緩正座了下來，以沉靜無比的聲音緩緩說道：

「『萬物扭曲』。」

在葉藏的宣言下，空間一瞬間扭曲了！

這股漩渦將所有事物都捲入，就連施展病能的葉藏都不例外。

這之中唯一倖免的只有我、院長、季雨冬三人，除了我們外，周遭的事物都不斷彎曲、壓縮，最後融合成了一塊。

無數事物混雜在一起，使得眼前的色彩越來越深、越來越深——直至變成一片黑暗。

就在我們一行人墜入這片宛如夜空的黑暗中時，兩點光亮突然點亮了這股黑暗。

我靠近那光點一看——

「眼睛……？」

那是一雙眼睛。

接著，彷彿被這雙眼睛點燃，無數的眼睛不斷出現、閃爍！

不管上、下、左、右，黑暗中到處都是眼睛。

眼睛的數量非常驚人，不管怎麼看都看不到盡頭。

就像是一片由眼睛組成的巨大星空。

「院長。」

季雨冬走到即使身處這樣的黑暗中，依然散發神聖光芒的院長前。

「靠著葉藏和季曇春的王冠，我們現在的對談和情景可以被全世界的人看見了。」

「將我們一行人暴露在全世界面前，妳究竟想做什麼？」

「奴婢也沒想要做什麼大事，只是想在全世界面前，和妳進行一場『辯論』。」

「辯論？」

「妳之所以能存在，靠的是他人的心痛。所以，只要讓大家再也不會對妳心痛，妳就無法存在了。」

「妳說得沒錯，但抹去全世界的心痛，根本是件不可能的事吧？」

院長說的是實話。

全世界的人都希望院長復活，這樣的數量太過於龐大，根本無法解決。

只是，我沒想到的是——

我除了低估葉藏外，也低估了現在的季雨冬。

「我沒有要抹去大家的心痛。」

季雨冬將雙手交握在裙襬前說道：

「我要解決的，是『心痛之前的感情』。」

「心痛之前的感情？」

「那就是『喜愛』和『認同』。」

「原來如此……」

院長用扇子遮住臉的下半部，像是想要隱藏因為有了對手而產生的欣喜。

「大家之所以心痛，是因為喜愛和認同妳。」

季雨冬端正頭上的王冠，以漂亮無比的站姿說道：

「那麼，只要我抹去源頭，告知全世界妳是多麼恐怖的存在，那就不會有人再為妳心痛了。對吧？」

並不是抹除心痛，而是抹除大家對「滅蝶者」的認同和信仰。

這種事……真有可能辦到嗎？

「不對……」

仔細一想後，我才發覺季雨冬的計策有多麼厲害。

全世界都知道，院長只說實話。

所以不管是怎樣的問題，她都必須吐實，大家也都會輕易相信。

所以在這場辯論中，季雨冬占盡了優勢。

「院長，來吧。」

季雨冬做出一個邀請的手勢。

隨著她的手，亮光出現了。

這股亮光驅除了所有黑暗，使周遭的大量眼睛變成了一個又一個的人。

不同年齡、性別、種族的人以一個圓的方式圍繞著季雨冬和院長。

季雨冬向周遭的人鞠了一個九十度的躬說道：

「世界的諸君，很榮幸地邀請大家來到此處。」

雖然意識突然被拉進奇異的空間，但所有人都沒有發出聲音。

他們直覺感受到了，現在在他們眼前所發生的一切有多麼重要。

於是，全世界的人都沉默了，他們專注地看著此時此刻所發生的事。

「奴婢名為季雨冬，是季晴夏的雙胞胎妹妹。」

這幕情景，不知為何讓我聯想到了審判庭。

一場審判院長是否值得心痛的審議。

「接下來的時光，請大家別漏聽任何一句話、別錯過任何一個字，因為——

「世界的命運，將由這席『辯論』決定。」

「院長，妳能否向全世界保證，接下來妳所說的皆是實話？」

「這種法庭慣例的臺詞就省去吧，不管是誰都知道，我僅有實話。」

「那麼，奴婢想問妳──」

微笑的季雨冬，馬上開出了重重的第一槍。

「妳『一直以來』都是人類嗎？」

「……」

這場辯論不過剛開始，院長就低下了頭，陷入了沉默。

過了一會兒後，她抬起頭說道：

「不，我原本是病能者。」

──世界一陣譁然。

就算不用萬物扭曲的病能，我也能感受到世界為之震動，為院長的回答齊聲驚呼。

一直以來都沒人知道。

率領人類仇害病能者的「滅蝶者」，其實原本是病能者。

「其實應該不少人早就有跟奴婢一樣的想法了吧？」

季雨冬指著院長，毫不留情的說道：

「若不是病能者，那根本不可能同時掌握如此多的人、事、物吧？

「若不是病能者，那區區一個十歲小女孩，根本不可能統治『滅蝶』這樣的大組織，讓所有人心服。

「若不是病能者──

「那根本就不用遵守『僅有實話』的設定吧？」

我彷彿看到了季雨冬對院長揮出了一記又一記的重拳。

原來，我一直搞錯了對付院長的方法。

要戰勝她，靠的不是武力。

——她雖有實體，但那都是虛幻的。

既然她只有一條設定，那就該從這道設定下手。

季雨冬說得對。

會殺死院長的，將會是她自己的實話。

「季晴夏的妹妹啊，妳說得都沒錯。」

院長點了點頭說道：

「我原本是罹患強迫症的病能者，擁有的病能就叫『僅存實話』。」

世界的騷動之聲越來越大了。

就在此刻，我感到院長身上散發的光芒顯著的變弱。

剛剛那席話，不知道剝奪掉了多少世界對院長的信仰。

季雨冬的言語，確實起了作用。

「但是，那又如何？」

院長也不是省油的燈，馬上出言反駁。

「就算我原本是病能者，那也不能代表什麼吧？」

「你們『滅蝶』的理念是消滅所有病能者吧？光領導人是病能者這事實，就足夠推翻妳直至今日所述說的所有信念了。」

「但現在的我是人類。」

「就算現在是人類，妳也不能將過去是病能者的妳給塗抹掉。」

季雨冬走到院長面前，毫不畏懼地盯著她的雙眼。

「大家信任妳，是因為妳僅說實話，但妳其實一直沒把最重要的事跟大家說。」

舞動袖子，季雨冬鏗鏘有力地說道：

「僅說出對自己有利的話語，隱瞞對自己不利的事實——

——這種行為跟說謊有什麼不一樣！」

季雨冬的結論，讓現場更加安靜了。

院長身上的白光又弱了一層。

過了良久後，院長緩緩說道：

「我還是要說……我從沒說過謊。」

「但是，妳隱瞞了不少事吧？」

「…………」

「妳連自己是誰都能說謊了，那妳還有多少恐怖的事瞞著大家？」

季雨冬緊咬著院長曾是病能者這點不放。

看得出來她做好了充足的準備。

只要這樣繼續下去，破除大家的信仰，讓大家不再為院長之死而心痛，或許就真的能贏——

「那麼，我就將一切坦承吧。」

只是——

我果然還是太天真了。

「讓我將至今為止發生了什麼事，都跟大家說吧。」

院長露出了笑容。

一看到她的笑容後，我的心涼了半截。

因為——

那是一切都在她計算之中的微笑。

「只要我的設定仍在，我就永遠不會被打敗。」

——僅說實話。

這是個乍看之下，沒什麼了不起的能力。

但是——

「我是為了大家的幸福而存在的。」

——她的實話是為了讓他人相信自己，她的執念是為了讓他人定義自己。

在院長身上，實話是最強的能力。

這是讓她不滅的基礎，也是斬斷所有詭計的利刃。

「我保證毫無隱瞞。」

院長搖動手上的扇子說道：

「你們可以懷疑我的動機，你們也可以否定我的目的，但是——

「我所說的實話，沒有任何質疑的空間。」

——就跟我的存在一樣。

於是，院長說了。

「我的起點，從病能者研究院開始。我本來是強迫症的病能者，為了成為世界和平的執念，我在自殺後成了虛擬程式——」

院長將至今為止的一切都說了。

建立滅蝶、成為滅蝶者，靠著仇視病能者吸引普通人的支持。

就像她說的，她毫無隱瞞。

不只對她有利的事，對她不利的事她也說了。

「抱歉，讓大家失望了。」

院長將小小的頭顱低了下去，長長的白髮隨著她的動作晃到了身前。

「我將所有壞事推到病能者身上，我利用他們、限制他們，藉此統一了世界。」

院長緩緩抬起頭來。

「但是……那又如何？」

她身上那股刺眼的光芒再度綻放了出來。

「為了大家的幸福，犧牲少許事物又有什麼不對？」

院長身上的光芒，甚至比一開始時還熾烈。

「不管是怎麼樣的領導人，都無法不犧牲事物就讓世界和平吧？」

院長浮到了空中，身上的和服也化作了彷彿具有實體的白光。

「我之所以弄髒雙手，背負這些罪孽，為的不是自己——而是大家！」

像是要擁抱大家，院長張開雙手！

「我無私。

「我不說謊。

「我永遠不滅。

「因為有了你們，我才得以存在。

「我——就是你們希望世界為之和平的心情。」

世界被院長所說服。

越來越多人支持她。

她身上的白光越來越明亮。

「無人可以跟季晴夏對抗，因此，世界因季晴夏發明的病能而混亂，你們也活在對季晴夏的恐懼之下。」

院長向前揮出扇子。

「但是，如今的我可以與她對抗。」

利用她的實話和大家對季晴夏的恐慌，院長魅惑了越來越多的人類。

「只要你們支持我，我就可以率領你們，擺脫被她支配的命運。」

——院長身上的白光大盛！

這股強烈的光彩，連注視她都變成一件極為困難的事。

院長的雙眼開始變得虛無，讓她越來越像是降臨在這世上的神——

「等一下！」

季雨冬出聲，打斷了這不妙的發展。

我以詫異的眼光看向季雨冬。

在「院長是病能者」這個真相都無法翻盤的狀況下，還有辦法挽救這局面嗎？

院長已說出一切事實。

這意味著大家此時對她的信任和支持，都是在完全瞭解院長這個人之後所做出的選擇。

我們這邊還有任何素材可以抹消大家對她的信仰嗎？

「武大人，還有逆轉的可能。」

季雨冬轉頭向我露出微笑：

「只是，逆轉的關鍵並不在院長身上，而在你身上。」

「我……？」

聽到季雨冬這麼說，我非常詫異。

「是的，就是武大人。」

季雨冬沒有進一步解釋。

她轉過頭去，重新以漂亮的站姿面對院長。

「院長，妳確實道出了一切，但是『某件事』明明極為重要，妳卻刻意忽視，選擇了不跟大家說明。」

季雨冬仰頭對天空的院長說道：

「妳還是有所隱瞞。」

「我隱瞞了什麼？」

「妳隱瞞了大家都知道，但是從沒有深思其中含意的重要事實——」

季雨冬指向我。

「那就是『季武是最初的病能者』這件事。」

「季武是最初的病能者？這事很重要嗎？」

「這當然很重要——就是因為有了季武，季晴夏的病能理論才得以成立，其他病能者才得以製造出來。」

「他的出現，某種程度上確實象徵了病能時代的開啟。」

「因為院長妳的關係，這世界開始出現大量的病能者，但是在數年以前——最一開始時，能製造病能者的只有季晴夏。」

「沒錯。」

「剛剛妳也說過了，原本的妳是病能者。」

「這個話題已不用再討論了，就算我原本是病能者，也不影響大家對我的支持。」

院長指著自己說道：

「我身上的光芒，印證了我所做的一切都是正確的。」

「我不是要說這個。」

季雨冬搖了搖頭，打斷院長的話。

「若是在數年前，只有季晴夏可以製造病能者，那麼，就有一件事非常奇怪了——」

季雨冬深吸一口氣，說出了足以逆轉一切的殺手鐧。

「自殺前的妳，是怎麼變成病能者的？院長。」

「——！」

面對顯露驚訝之情的院長，季雨冬以更為清晰的聲音重複剛剛的話：

「若那時只有季晴夏能製造病能者，那麼妳是怎麼成為病能者的？」

「……」

世界為之沉默。

就連院長身上的白光，好像都在這瞬間靜止了。

「沒錯……」

我怎麼沒想到呢？

這明明是如此明顯的事實。

不管是線索還是真相，打從一開始就在我身邊了。

在院長自殺的那個時間點，明明就只有季晴夏能製造病能者不是嗎？

——小武，你發現了嗎？你早已比誰都還特別。

「原來……晴姊想說的是這個。」

——你的存在本身，就是解開一切的關鍵。

我是最初的病能者，也是一切的起點。

有了我之後，其他病能者才得以藉季晴夏之手誕生。

「『數年前的妳原本是病能者』、『那時只有季晴夏有辦法製造病能者』，從這兩點導出的結論只有一個——」

在世界的注目下，季雨冬指著院長說道：

「妳其實是由季晴夏所製造出來的存在！」

衝擊性的事實，讓所有人在這瞬間屏住了呼吸。

抓準了這個機會，季雨冬繼續進行她的猛攻。

「既然院長妳是由季晴夏所製造，那麼我們就不能信任妳吧？」

「季晴夏的妹妹啊，就算真是如此又如何？」

院長馬上反駁。

「就像妳曾說過的，就算我現在是人類，也不能抹殺我是病能者的過去，現在的狀況不是相同意思嗎？就算我是季晴夏製造的，也不能否定之後我所做的一切努力吧？」

「妳說得沒錯。」

「為了世界和平，我成立『滅蝶』、統一世界，這都跟季晴夏無關，是我基於自己的意志和執念這麼做的——」

「真的是如此嗎？」

季雨冬打斷院長的話。

「既然妳是由季晴夏所製造，那就不能否定一個可能性：『說不定妳至今為止的行動，其實都是依照她的指示所進行的』。」

——世界再度因為季雨冬的話動搖。

季雨冬的指控，第二次剝奪了大家對院長的信任。

我感到院長身上的光芒稍稍弱了下來。

「我不會說謊，現在觀看這場辯論的諸君，請仔細傾聽我的實話。」

面對季雨冬的指控，院長繼續揮出她的實話進行對抗。

「我的所有行動都是照著我自己的意思，並不是依照季晴夏的命令——」

「說不定只是妳沒自覺而已。」

季雨冬再度打斷了院長的實話，繼續說道：

「說不定季晴夏在將妳變成病能者時動了手腳，讓妳在沒自覺的狀況下依照她的計畫行動。」

「妳的意思是……我是季晴夏的傀儡？」

「是的，就是傀儡。不管是成立滅蝶，挑起世界大戰還是統一世界——全都是妳在自己未發現的狀況下，依照她埋入妳體內的設定所進行的。」

「哈哈，這——」

院長或許本要說「這怎麼可能」。

但是，「僅存實話」的設定在此時發揮了作用，讓她的嘴巴一張一闔，卻一個字都吐不出來。

院長趕緊用扇子遮住了下半部的臉龐，但已經來不及了。

她此時的猶疑，毫無保留地暴露在世界和季雨冬面前。

「沒辦法否定吧？院長。」

季雨冬露出了得意的一絲微笑。

「因為，要是妳否定了，就是在說謊。」

看著院長緊咬下嘴脣的不甘表情，我在稍微思索後明白了她為何無法否認。

因為季晴夏太特別了。

——說不定季晴夏真的那麼做了。

院長心中，對「她其實被季晴夏所操控」這事存有一絲懷疑。

只要無法全然否定，她就無法說出否認的話語。

「院長，妳不值得他人信任、不值得他人敬愛——更不值得大家為妳心痛。」

季雨冬漂亮地用院長的實話給了她致命的一刀。

「因為，妳的起點並不是在自殺後，妳真正的起點在於季晴夏。」

——院長身上的光明大減。

即使面對宛若神明的院長，季雨冬依然沒有落到下風。

一直以來，她都退居人後。

總是藏在暗處的她不會發光。

但此時的她映著院長身上散發出的光芒，看起來就跟正在發光沒兩樣。

這副模樣，讓我想到了許久之前，那個初次見面的她。

原來……這才是真正的季雨冬。

那個曾經想要與季晴夏並肩的季雨冬。

「呵呵……」

院長笑出了一連串銀鈴般的笑聲。

「呵呵呵呵呵——真不愧是季晴夏的妹妹，不，應該稱之為『季雨冬』才對。」

聽到院長這句話，我明白了。

經過這輪辯論，她已經承認了季雨冬，並不僅僅是把她當作季晴夏的附屬品看待。

「但是，季雨冬啊，妳自己應該也知道吧。」

居高臨下的院長，露出了勝利的笑容。

「妳精心布下的陷阱雖漂亮，但離打敗我還是有著一大段距離。」

「……」

聽到院長這麼說，季雨冬低下了頭，沉吟不語。

「因為，妳並沒有辦法拿出實際的證據證明妳的說法，因為我自己沒自覺，所以妳也無法透過我的實話證明此事。」

「……妳說得沒錯，這是這個計策的最大弱點。」

「我有沒有被季晴夏所操控，除了季晴夏本人外，誰都不知道，這是一件誰都無法證明的事情。」

院長將扇子指向自己：

「但是，我至今為止所做的一切，是確切存在——是大家有目共睹的事實。」

院長身上的光芒雖然減弱了約莫一半，但還是非常明亮。

「僅憑半真不假的『虛幻』，是永遠無法勝過我身上的『真實』的。」

就算說到這地步了，也還是無法破除他人對院長的信仰。

我看向季雨冬，只見她雖然表面上裝得一如往常，但是她的雙拳緊握了起來。

「果然……光是這樣還不夠嗎……」

我聽到季雨冬的低喃。

「還欠缺臨門一腳……欠缺絕對且關鍵性的力量……」

季雨冬似乎是想要用剛剛的事實翻轉一切，但是結果並不如人意。

就像院長說的，因為我們並沒有任何證據，可以證明院長其實是被季晴夏所操弄。

除非，季晴夏本人出現在這邊——

「就算季晴夏現在真的出現，我也有對應的手段。」

看破我在想什麼的院長，露出了彷彿不像人類的純白笑容。

就像被周遭的白光吞沒，她的身影逐漸隱沒。

「我計策的終點，並不是與季晴夏並肩，而是『超越季晴夏』。」

「妳想做什麼……？」

雖然院長的身影聖潔無比，但是我直覺地感受到了不妙。

「現在全世界都有幻肢殭屍，這高濃度的幻痛再生，讓我得以掙脫季晴夏的束縛，成為全新的存在。」

化作白光的院長，身上開始出現裂痕。

「來吧，諸君，再看一次我的破滅吧。」

院長身上的裂痕越來越多、越來越多，從她身上散發出的光之碎片，逐漸散發到世界各地。

「認同我、思念我，接著獻上你們的心痛。」

院長向全世界宣言：

「我是世界和平的執念，也是超越人類限制的存在。只要你們願意追隨我，不管你在何方，不管你曾對我做過什麼，我都會現身在你們面前，賜給你們想要的事物！」

那些碎片飄到了大家面前，逐漸化成了一個模糊的白影。

「『滅蝶者』……」

雖然還不是很清楚，但已經可以從依稀的輪廓中看出，那是個穿著層層疊疊和服、有著長長白髮的十歲女孩。

「『滅蝶者』——『滅蝶者』出現在我們面前了！」

並不只是一個、兩個而已，只要是願意信奉院長，為她獻上心痛的人，前方就會出現小女孩的白影。

「這是作夢嗎？不對，眼前的『滅蝶者』摸得到啊！」

有人向院長跪下。

有人向她的腳獻上親吻。

有的人甚至對她流淚磕頭。

數億個院長白影站在他人面前，對他們展露出微笑。

「這是……『幻肢』產生出來的院長？」

看著這樣的情景，我震驚了。

「這計策也太恐怖了……」

巨大的驚訝感，讓我幾乎無法立足。

「竟然——竟然可以計算到這個地步！」

第一次死亡，院長憑著葉藏的心痛占據了科塔，成為了人類。

第二次死亡，院長憑著「滅蝶」的心痛，成為了「一個」幻肢科塔。

第三次死亡——也就是這次，院長憑著全世界的心痛，讓「所有人」面前都出現了一個幻肢院長！

「沒錯，就是這樣。」

數億個院長同時開口說道：

「就算我原本是季晴夏製造出來的也沒關係，此時的我由你們的心痛所產生，你們想像我是如何，我就會是什麼模樣，跟季晴夏一點關係都沒有。」

「等一下！大家，不要再繼續了！」

季雨冬不禁大喊！

原本在她身上的餘裕已全然消失，冷汗布滿了她的額頭。

「來不及了，現在的我，已完全超越了季晴夏。」

我轉頭看向四周，不管哪個空間都站滿了院長。

看著那密密麻麻的白色身影，我的頭皮也不禁發麻。

「大家因為恐懼季晴夏，所以就要製造一個更勝過她的存在嗎？」

著急的季雨冬向周遭的眾人大喊：

「若是院長也是怪物，那你們該怎麼辦？」

就像滴了幾滴水到河流中，季雨冬的話語，並沒有激起任何漣漪或阻止任何事情。

「沒用的，季雨冬。」

逐漸破損，散發光之碎片的院長本體笑道：

「大家都心知肚明，唯有怪物能拯救這個世界了——現在的世界形勢就是這麼糟。」

「就算世界變得再混亂，也不該找上這種非人般的存在！」

「那麼，季雨冬，妳說大家應該依靠誰呢？」

「我——」

「妳是不行的。」

院長露出高雅的微笑：

「因為——妳連我都贏不了。」

聽到院長這麼說，季雨冬露出了不甘心的神情。

「就算妳有了自我，但說到底，妳不過是季晴夏的劣化品而已，跟我們不在同一個舞臺上。」

再度被揭起了心中最在意的部分，季雨冬露出了苦悶的神情。

「諸君啊，擺在你們前方的選擇只有兩個——」

院長和數億個幻肢院長同時舞動扇子，以幾乎要震碎整個空間的聲音問道：

「你們要選擇無法理解的季晴夏，還是要選擇因你們才得以誕生的我呢？」

院長身上的裂痕越來越多，大家前方的白色身影也越來越清楚。

若是所有人面前都有一個幻肢院長——那她就真的要變成無解的存在了。

「該怎麼辦……？」

我抬起頭看著頭上發著光的院長本體，完全不知道該如何是好。

殺死院長？不對，這只會更助長大家的心痛。

以辯論否定她？不，季雨冬做了周全的準備，但她也失敗了。

「根本……毫無辦法不是嗎？」

無法殺死、無法否定、無法對抗。

無法以計消滅、無法以力降服，因為僅有實話，所以任何偏門手段都無法扭曲。

這樣的存在，到底該怎麼消滅？

——你應該這麼做。

「——咦？」

腦中突然出現了聲音。

——季雨冬必須死。

「雲悠然……？」

第一瞬間，我以為是雲悠然之前的預言在我心中響起，但我隨即發現並不是如此。

——這是世界的聲音。

——若是季雨冬不死，那麼足以毀滅人類的悲劇將降臨。

「不是這樣吧！」

我對著空中大喊。

「為什麼說得好像演變成現在的局面，都是雨冬活著的關係！」

——快殺了季雨冬。

「別把錯都推到雨冬身上啊！」

我不知道世界的走向是怎樣，也不知道未來應當是如何。

但是，季雨冬一直在我身邊。

我之所以能走到今天這一步，都是因為她的陪伴。

——季雨冬的死亡，是必定會發生的未來。

「那並不是我想要的未來！」

——不管你願不願意，你必定會朝著世界希望的方向前進。

「若是這樣的世界，那乾脆毀滅算了！」

「你無法這麼做的。」

一陣悠哉的聲音從我身後響起。

我轉過頭去，結果發現不知何時，雲悠然闖入了這個空間。

「因為，你和我一樣——都是世界的奴隸。」

她的模樣和之前全然不同——甚至可以說有些詭異。

穿戴著連身外套的她，臉上多了一個黑色的面具。

純黑的面具罩住了她的所有感官，讓她看起來像是沒有五官的不明存在。

「妳是……雲悠然嗎？」

看著她身上隱隱冒出的不祥之氣，我不禁問道。

「我是雲悠然，但也不是。」

她駝著背，修長的雙手就像失去力氣般往下低垂。

「我是世界的奴隸，但也不是。」

以這樣詭異的模樣，她不斷搖頭晃腦。

「我是誰？我不知道。」

「……妳到底怎麼了？」

「我來傳達世界的聲音，我來代行它想要做的事。」

「在這種緊要關頭下……妳又要來攪局嗎？」

「我不知道這個世界將往何方發展，就算人類因此破滅也無所謂，我只是——」

雲悠然朝著季雨冬衝了過去！

「我只是覺得我應該這麼做。」

「我不會讓妳這麼做的！」

我趕緊擋在季雨冬身前！

整個空間開始搖晃！

就像被砍了許多刀，無數黑色裂痕「啪」的一聲出現在我的面前。

我知道，葉藏是拚盡全力才將大家的視線扭曲到我們前方的；這場辯論拖了這麼久的時間，想必她的極限也快到了。

不妙的還不只如此。

在黑色的裂痕出現後，我感到腳下開始不斷震動、搖晃。

因為幻肢殭屍都死光的關係，「和」的高度越來越低，再五分鐘就要墜落了。

「雲悠然，不要鬧了！再這樣下去，我們都要死在這邊！」

我一邊和雲悠然對打一邊大喊。

「推。」

但是，雲悠然完全沒理會我。

因為被黑色面具蓋住，我連她是什麼表情都看不清楚。

面對她朝我推出的雙掌，我深吸一口氣，以同樣的姿勢回應了她。

——砰！

雲悠然文風不動，我卻踉蹌地退了幾步，差點跌倒在地。

「嘖……果然嗎？」

不和她一樣將五感全部封住，就無法與她抗衡嗎？

「諸君，不要放棄希望啊！」

為了不讓局勢到達無可挽救的地步，我身旁的季雨冬不斷向大家喊道：

「院長並不懂人類的感情，落入她的統治，你們真的覺得這樣是好事嗎？」

「統治者不需要感情。」

院長笑著說道：

「正因為沒有了感情，才能公正無私。」

情勢已經無法逆轉，季雨冬的呼喊只不過是杯水車薪。

眾人面前的幻肢院長，變得越來越清楚。

「雲悠然！快點住手！妳難道看不出現在狀況有多嚴峻嗎！」

「我完全遵循人類的感覺而活，我是個再純粹不過的人。」

「妳這個放棄思考的傢伙！」

若是我打輸雲悠然，我們全員都會死。

若是幻肢院長成功在大家面前具體成型，那這個世界也會就此結束。

若是葉藏撐不住解開空間，我們就再也無法和世界的眾人對話，一樣會完蛋。

就算真的有解決上述問題的方法，我們也必須在「和」墜落的五分鐘內完成。

「這根本不可能吧！」

我踏穩腳步，一把將前方的雲悠然推開。

沒有時間讓我猶豫了！

「五感共鳴！」

我將自己化入雲悠然的想像中，將自己的感官全部封閉。

之前已經打贏過一次了，我要用最快的速度，將她解決——

——喀！

此時，一個關節被卸脫的聲音響了起來。

我本來擔心是自己不知不覺間被雲悠然卸脫了關節，但我隨即發現並不是如此。

關節卸下來的人，是雲悠然。

她雙肩的關節被解了下來，本來垂下的雙手因為脫臼的關係拉得更加長了。

深吸一口氣，雲悠然將彷彿鞭子一般柔軟的雙手拉到了身後——

「推・二式。」

——我的視野被兩道疾風填滿！

光是那股風壓就讓我站不住腳！

稍稍浮了起來的我失去重心，連防禦姿勢都來不及做。

——砰！

一道沉重的聲音從我胸前響了起來！

就像斷線的風箏，我朝後方不斷飛去！

「咳——！」

一大口血從我嘴中吐出來。

光是這一擊我就眼冒金星，差點失去意識。

「咕嚕咕嚕～～」

雲悠然像個陀螺般不斷轉著。

她帶起的沙石圍繞在她身邊，讓她就像個小型颱風。

就在這股旋轉累積到極限的那刻，雲悠然瞬間逼到我的面前，朝著我揮出了脫臼的雙手！

「推．三式。」

儘管已開啟了第六感，我也幾乎感受不到雲悠然的動作。

兩道手臂鞭子揮中我的左手，讓我的左手登時「啪」的一聲骨折。

「好強……」

跟之前的雲悠然簡直是不同人。

是因為成為世界的代行者變得厲害？還是更封閉五感所以才變得如此強勁？

若依照雲悠然的個性推斷，也有可能單純是她之前沒有拿出全力而已。

「院長，說不定就連妳變成現在這副模樣，都在季晴夏的計算中。」

雖然勝負已定，但季雨冬依然沒有放棄對院長的牽制。

因為她也知道，一旦讓院長變成一億個似真實假的幻肢院長，那就連季晴夏都沒辦法對付她了。

「證據呢？」

院長露出笑容，輕鬆地說道：

「我無法否定這個可能性，但妳也無法拿出證據證明妳的假說，不是嗎？」

就像季雨冬說的。

我們缺了最為關鍵的力量。

不管多少假說都沒有用，因為我們沒有任何證據將我們的假設變成實話。

僅憑這樣不上不下的話語，我們根本無法與院長抗衡。

浮在天空的院長失去了雙手和雙腳，至於所有人面前浮現的幻肢院長則拿出了扇子。

喪失越多部分，大家面前的幻肢院長就越清楚。

院長本體的碎裂，就是世界毀滅的倒數計時。

要是再不想出解法，她就要憑著心痛，浮現在所有人面前了。

「推。」

雲悠然的聲音，將我拉回了眼前的戰鬥。

——砰！

她右腳朝地上一震。

「拉。」

趁地表彈起的瞬間，她的腳馬上接上拉的力道，將一大塊石頭鏟了起來。

「咕嚕咕嚕～～」

不斷旋轉的她，甩動手臂鞭子，將這塊巨石鞭碎！

無數碎石浮在半空中，雲悠然「喀喀」兩聲將雙手接了回去，不斷在胸前畫著圓。

這個圓就像是黑洞，無數碎石和沙塵被吸了進去，因為密度過高，不斷翻滾的石頭和塵土，看起來就像是小型的黑色龍捲風。

「推・四式。」

雲悠然將這個小型的龍捲風推了過來。

地上被這個龍捲風犁出了一道深深的溝。

不知道是不是雲悠然的招式威力過於強大，我感到葉藏製造的空間開始不穩。

就像病毒蔓延般，無數黑色裂痕布滿了空間。

「無法閃躲……」

因為季雨冬就在我的後面。

既然無法閃躲，那就只好挺身對抗了！

「更深……！」

我深吸一口氣，模仿雲悠然之前的動作。

「更深地沉浸在想像中！」

我就是雲悠然！

——喀喀兩聲響！

我將雙手的關節卸了下來，將雙手拉到身後。

「推・二式！」

甩出手臂鞭子，我想要擋住那道黑色的龍捲風。

「嗚……」

但是，即使稍稍停住了，這個沙土的聚合物還是不斷朝我壓了過來！

「咕嚕咕嚕～～」

我強自旋轉身體，將自己變成一個陀螺。

黑色龍捲風撕破了我的衣服，捲走了我的皮膚和血肉！

「偏移啊啊啊啊！」

拚盡全身力氣，我好不容易將黑色龍捲風卸到一旁。

——轟！

黑色龍捲風就像光砲一般打穿了我身後的山，山腰平白多出了一個大洞。

「呼、呼——」

我摀著血肉模糊的左手，跪坐在地上喘氣。

空間的黑色裂痕越來越多了。

地上的震動也越來越強烈，讓我連面前的雲悠然都看不清。

還有一分鐘，「和」就要崩毀了！

——快殺了季雨冬。

因為過度沉浸在第六感中，我的腦中再度響起了世界的聲音。

我的右手就像被操弄一般，朝著身後的季雨冬伸了過去——

——砰！

我趕緊低頭撞上地面，阻止了自己的動作。

鮮血從額頭流了下來，染紅了我面前的視野。

「季武、季雨冬。」

碎裂到僅剩上半身的院長，露出虛幻的微笑說道：

「是你們輸了。」

眾人面前的幻肢院長開始發出白光，她們的模樣，已跟院長的本體幾乎沒兩樣。

「推・五式！」

雲悠然朝我逼了過來，模糊的視線已不知道她用的招式是什麼模樣。

「啊……」

打不贏的人類。

無法對抗的存在。

逐漸崩壞的環境。

不斷倒數的毀滅時刻。

迴響在腦中的惡魔呢喃。

「嗚啊啊啊啊啊啊啊啊啊——！」

我抱著自己的頭大喊。

逐漸緊縮的危機和壓力，讓我幾乎喘不過氣來。

到底該怎麼做？能解決這一切的人真的存在嗎？

「如果……如果是晴姊。」

如果是她，是不是就能拯救一切？
但是，不管我怎麼渴求，季晴夏都沒出現。
她已許久沒出現在眾人面前，不管是誰都找不到她。
就連世界要毀滅的這刻，她也沒有到來。

——這一切，都是因為你不殺死季雨冬。

「是我的錯嗎！」
陷入混亂的我大喊。
「會走到現在這個地步，都是因為我的錯嗎！」
就在我這麼吶喊的同時，戴著黑色面具的雲悠然站在我前方，朝我伸出了手。
這次的不是推掌，而是貫掌。
五根手指併成手刀，雲悠然朝我胸口貫了下來。
——死。
眼前的一切變成慢動作。
我從沒那麼確切地明白，自己要死了。
不管做什麼都沒用，我所面臨的情景就是這麼絕望。
「但是——我仍不放棄！」
全身是血的我抬起頭大喊。

——因為妳而受傷的人，就由我來讓他們幸福吧。

「我答應過晴姊了！我要守護她守護不了的人！」

面對雲悠然刺過來的絕望，我也以同樣的貫掌回應了她！

——只要是妳的期望，那我就會為妳實現。

「我答應過雨冬了，我要將晴姊找回來！」

就算再狼狽，就算再絕望，我也會掙扎到最後一刻！

——我們都希望，哪天能三人再度聚在一起歡笑。

在無盡的黑暗中，一個情景逐漸浮現出來——

我和雨冬牽著手走在一起。

我們前方的季晴夏轉過頭來，露出了拿我們莫可奈何的微笑。

這是我們一直的祈願。

三人走在一起，幸福且平和地過活。

我們要的僅是如此而已。

「奴婢明白了……」

在這樣的激戰中，季雨冬的聲音輕聲響起。

「奴婢終於明白了，為何奴婢非得死去不可。」

即使雲悠然的手已來到了面前，我依然將視線轉向季雨冬。

結果我發現不知何時，她已拋下了與院長的對峙，跑到了我身旁。

在此電光石火之際，我不知為何想起了一件完全無關的事情。

——季雨冬一直以來都沒有傷害過我。

即使在鬧彆扭，她也總是顧忌著我的心情，不會說出過度勉強我的話。

每次看到她幸福的微笑——每次看到她那種只要能待在我身旁就心滿意足的微笑，我總是會忍不住這麼想——

要是哪天，即使傷害到我，她也願意說出自己的願望就好了。

「武大人——」

只是我沒想到的是——

季雨冬給予我的第一次傷害，竟是用這種方式呈現。

「奴婢想被你親手殺死。」

伴隨著過分無比的願望，季雨冬閃身到我和雲悠然中間！

——噗！

一陣悶響撕裂了我眼前的視野，也連帶的摧毀了我、雨冬和晴姊走在一起的未來。

——那是必定會發生的未來。

黑色的裂痕填滿了我的視野，不斷震動的地板讓我就像掉入了黑暗的空中。
展現在我眼前的情景，幾乎讓我停止呼吸。
就跟殺了科塔一樣。
我的手貫穿了季雨冬的胸膛。

Chapter 8
季雨冬必須死的理由

「這樣……我的任務就達成了。」

一看到我殺了季雨冬，雲悠然就像出現時一般突然，消失在我們前方。

她達成了她的目的，代世界實行了它想要達成的目標。

「為什麼……為什麼妳要這麼做？」

我趕緊抽出我的手，但是已經來不及了。

從季雨冬身上流出大量的血，這些血迅速染紅了她的衣裳。

「等到奴婢死了後……武大人就會知道奴婢為什麼要這麼做了。」

季雨冬虛弱地笑道：

「請相信奴婢不是刻意要尋死，奴婢做的一切……都是為了守護武大人……」

「妳不要說話！」

就算用手掌按住，還是無法阻止那彷彿水龍頭一般流出來的血。

我不知道季雨冬這麼行動的理由，也不想明白。

現在的我，只看得到季雨冬那不斷流逝的生命。

「五感共鳴！」

我開啟最高的病能，以細胞為單位不斷細緻修復季雨冬的傷口。但是，她的傷口太大了，不管我怎麼拚命都來不及。

因為過於驚恐，我的雙手劇烈顫抖。

——說不定……季雨冬已經沒救了。

就在我這麼想的同時，季雨冬無力地倒在我懷中，頭上戴著的水晶王冠從頭上滑落，掉到了地上。

——砰！

我眼前的空間徹底崩毀，力竭的葉藏倒在地上。

我們失去了與世界的聯繫，再也無法用言語牽制幻肢院長的成型。

「武大人……」

季雨冬對我露出了歉疚的表情。

「抱歉……奴婢沒有依約活下去……」

「…………」

「本來已暗中發過誓……這輩子絕不讓你因為奴婢傷心的……」

「別這麼說……」

我緊緊抱著她，啞聲說道：

「拜託妳不要這麼說……」

這真的是我聽過最難過的道歉了。

世界在往下落，我感到心中空空如也。

因為失去了我供給的死之幻覺，醒來的和之居民不斷喊出淒厲的慘叫。

「和」就要墜落了。

但我突然覺得這一切都無所謂了。

就算真的活下去了又如何？世界已落入院長的手中。

就算真的挽救了這一切，這世界也將不會再有季雨冬的身影。

「武大人，就算奴婢不在了，也沒關係。」

可能是看穿了我在想什麼，季雨冬對我露出笑容說道：

「所以，請你不要消沉。」

「妳在說什麼啊！」

我以快要哭出來的聲音說道：

「若是妳不在我身邊，那怎麼可能會……怎麼可能會沒關係啊……」

「因為奴婢知道，你會謹守約定，只要是奴婢想要達成的祈願，武大人都會為我實現。」

可能是臨死前的迴光返照吧，季雨冬的臉色突然放出了光芒。

「武大人。」

她緩緩伸起都是血的小指，勾住了我的小指。

以平穩且美麗的笑容，她不斷向我許願：

「即使我不在，武大人也沒問題的。

「即使我不在，武大人依然可以堅強的。

「即使我不在，武大人依然可以守護他人的。」

季雨冬的話語不斷深深刺痛我的心。

——沒有期望，就不會有失望。

這是季雨冬一直以來掛在嘴邊的話。

這句話一直是束縛她的詛咒，但同時也是我的目標。

我終於在最後這刻明白了。

我之所以能成長，是因為想讓雨冬依靠。

我之所以能前進，是因為想讓雨冬放心向我許願。

就是因為想要滿足季雨冬的願望——

所以我才得以一直努力至今。

「雨冬……儘管說吧。」

我壓抑想要流出的淚水，強自以堅強的語調向她說道：

「我不會讓妳失望的。」

我知道的，其實我不該聽。

或許，現在掩耳逃走才是正確的行為。

因為季雨冬所說的祈願，對我來說是再強烈不過的毒素。

當她希望我快樂時，我就不能流出淚水。

當她希望我堅強時，我就必須一輩子沒有軟弱。

當她希望我幸福時，我就得在沒有她的世界露出笑容。

聽得越多，我身上的限制就越深。

但是，就像她以身為我的奴婢為榮。

我也因被她深深詛咒、可以背負她的一切而感到榮幸。

「武大人可以拯救世界的。」

季雨冬閉上眼，緩緩說道：

「那時，你會找到姊姊大人，你會以堅定的笑容跟她說——

「雨冬這一輩子過得很幸福。」

即使被我殺死，季雨冬依然沒有責怪我。

我想，不管我做了什麼，季雨冬都會對我展露微笑。

「因為，奴婢是武大人的婢女。」

直到最後，她都沒有自稱「我」，沒有以季雨冬的身分說話。

「奴婢不該責怪你，也不想責備你。」

我明白的，這是她的心意。

「身為奴婢，不管主子做了什麼，奴婢都甘之如飴。」

以婢女這個身分當作擋箭牌，季雨冬拚盡全力想要抹消我心中的罪惡感。

「身為奴婢，即使心中有著想對主子說的話，奴婢也會忍下來。」

壓抑自己、忍耐自己的心情。

看著季雨冬那彷彿要消失的微笑，我忍不住這麼想。

會不會她實際上是怨懟我的呢？

會不會她其實一直都在勉強自己呢？

會不會——

她其實一輩子都不曾幸福過呢？

「武大人，因為是奴婢，所以我一輩子都不會這麼說吧。」

——一陣柔軟的觸感覆蓋住了我的雙唇。

「奴婢一輩子都不會跟你說『我愛你』的。」

「……咦。」

突如其來的吻帶著血的味道，我根本來不及反應。

「我愛你，武大人。」

季雨冬再一次重複了她剛剛的話。

——要是哪天，即使傷害到我，她也願意說出自己的願望就好了。

就跟第一次時我沒預料到一樣。

季雨冬再度以意想不到的方式，在我心中劃下了永遠無法抹滅的痕跡。

「這是不該跟主子說的心意，請武大人原諒奴婢最後、也是唯一一次的犯錯。」

露出了無人能質疑的幸福微笑，她輕輕地在我耳邊說道：

「但是，因為有了這個婢女絕對不能犯的錯誤——

「奴婢的一生，已然無悔。」

懷中的季雨冬漸漸地變得冰冷。

看著她那和活著時一般的笑容，我以手摀住了胸口。

——心好痛。

就像挖了一個洞一般，非常的痛。

我將她輕輕放到了地上，抬起頭看著發著白光的院長。

幾乎碎裂光的她，只剩下一顆頭。

當這個頭也消失後，這世界就會完全落入她的掌握中吧。

「院長。」

連我自己都非常訝異，我的聲音平靜得完全不像我。

「我要打敗妳，拯救世界。」

「就憑你是做不到的。」

「我知道，但是我會做到的。」

雖然心痛到幾乎要讓我暈倒，但我仍以平和的語氣說道：

「因為，我不讓能雨冬失望。」

就在我這麼說的同時，我的身旁緩緩浮現了一個白影。

彷彿要站在我的身邊援助我，白影對我露出了微笑。

看著身旁的「她」，又看了看躺在地上的季雨冬，我總算理解了至今為止的一切事實。

——你必須殺了季雨冬。

我明白了，世界為何要我殺死她。

心中的劇痛，也讓我理解了季雨冬為何要主動尋死。

因為唯有如此才能打敗院長，挽救這個世界。

——奴婢做的一切……都是為了守護武大人……

不惜傷害我，季雨冬想要對我說的願望就是這個。

——不管發生什麼事，即使那個阻礙是我，她也會不惜代價守護我。

「真是諷刺啊……雨冬明明是為了走出晴姊的陰影才努力到今天。但在最後，她卻以生命為代價，一頭栽進她最在意的事。」

我仔細端詳季雨冬的面容。

即使變得蒼白，但她的長相，依然和她的雙胞胎姊姊一模一樣。

——將我當成季晴夏吧。

我彷彿聽到季雨冬在我耳邊這麼說。

我是唯一做得到此事的人，也是唯一一個知道這事有多殘酷的人。

「我明明是最清楚妳有多努力的人……」

但我必須否定妳的努力。

「我明明知道妳對我來說有多麼特別……」

但我必須將妳當成另一人。

「這明明……是絕對不能做的事啊！」

但是，我必須做。

這是妳留下的最後機會，我不能辜負妳的心意。

——痛。

就像是心口被刺了一刀。

心中的劇痛除了喪失雨冬的痛之外，也混入了歉疚的痛。

為了擊敗院長——也是為了不白費妳的願望，我要再把妳當作晴姊的替代品。

——想像吧。

想像我殺的人其實是晴姊。

連本來應該留給雨冬的悲傷都丟棄，將其留給我幻想出的晴姊身上。

除了「世界最初的病能者」外，我還有一個再特別不過的身分。

——那就是季晴夏的弟弟。

季雨冬的身影逐漸消失，在我心中和季晴夏重疊在一起。

「我殺的不是季雨冬……」

我殺的是季晴夏。

這邊都是幻肢殭屍的屍體，也瀰漫著高濃度的「幻痛再生」病能。

既然院長能藉由吸取他人的心痛再生，那麼我當然也可以做到一樣的事。

「真的……好痛……」

再也不會見面了。

不管到哪兒都找不到了。

我看著自己染血的手，不斷反覆咀嚼自己的心痛。

「我無法對抗妳，院長。」

我緊抓自己的胸口！

「妳超越了晴姊，現在的妳，就算是晴姊或許也無法打敗妳。」

隨著我的話語，我身旁的白影越來越清晰。

「但是，即將出現的晴姊，並非單純只是晴姊而已。」

白影穿上了醫生才會穿的白大褂，以僅存的右手扠著腰。

「以季雨冬的死亡和我的心痛為代價，我們讓世界進入下個世代的存在重現於世。」

我身旁的季晴夏甩了甩長長的黑色亂髮，露出了招牌的自信笑容。

在世界即將毀滅的時刻——

我們三位家人終於團聚在一起。

「接著面對妳、摧毀妳的——」

我戴起地上的水晶王冠，和幻肢季晴夏同聲說道：

「是季武、季雨冬和季晴夏三個人！」

「『萬物扭曲』。」

扭曲距離，我將世界的目光再度聚焦在我們這邊。

辯論和審判重新開啟。

想必這是最後的勝負了。

不是世界落入院長手中，就是我們徹底將院長這個存在消滅。

「季晴夏……」

院長露出欣喜的笑容說道：

「真沒想到能以這種形式再度看到妳。」

幻肢季晴夏沒有理會院長，她轉頭向我問道：

「小武，我們還有多少時間？」

「至少要在『和』墜落之前，我想想……大約一分鐘。」

「足夠了。」

轉動右手，季晴夏露出無所畏懼的笑容說道：

「看我一瞬間將院長解決掉。」

院長已幾乎要統治世界。

她創造出了數億個幻肢科塔，就算是季晴夏出現的現在，我依然不知道她打算怎麼將院長毀滅掉。

但是——

「……………………………………」

對季晴夏我有無限的信心。

因為她是最特別的存在。

光是看到她現身，世界就陷入了沉默。

所有人的目光都聚焦在她身上。

將世界變成現今這模樣的天才，無人能理解的怪物。

季晴夏身上的存在感，完全不輸給宛若神明的院長。

雖然對她打算怎麼做毫無頭緒，但是我知道的，她必定能摧毀院長。

「院長。」

季晴夏走到院長面前，甩動身後的黑色亂髮問道：

「妳也差不多該卸下妳的偽裝了吧。」

「妳在說什麼？」

「就是字面上的意思啊，妳也差不多該把『妳是誰』跟大家說了吧。」

「我還是不懂妳在說什麼。」

「那麼，我換個形式問好了。」

季晴夏右手扠著腰問道：

「這些年來，我都沒有出現在眾人面前過吧？」

「是啊，雖然大家都想找到妳，但誰都不知道妳躲在哪裡。」

「找不到我是當然的啊，因為我根本就沒有躲啊。」

「——咦？」

「其實我一直都在大家面前，只是大家都沒發現。」

季晴夏的話，讓所有人都驚訝不已。

但是，真正讓人震驚的還在後頭。

「大家聽好囉，絕對別錯過我接下來的話喔。」

季晴夏揮動白袍，以筆直的右手指著院長說道：

「我和院長——

「其實是同一人。」

——世界為之譁然！

這股吵雜的聲音，甚至足以震動地表。

「——胡說八道！」

院長第一瞬間進行反駁。

「竟然說出這種荒謬的言論，季晴夏，我對妳太失望了！」

院長看似有些著急，甚至可以說是失去冷靜。

我理解這是為什麼。

院長之所以得到眾人的支持，走到今天這步，靠的是敵視病能者，站在和季晴夏的對立面。

但若她和製造病能者的季晴夏是同一人——

那她今天所建立的一切就會輕易崩解。

「就像雨冬說的，妳是我所製造的，那麼妳就不能否認我在背後操控妳的可能性吧？」

季晴夏露出笑容說道：

「既然是我在操弄妳，那麼說我和妳是同一人，那也不算有錯吧？」

「證據呢？我被妳操控的證據呢。」

「我現在就拿出證據。」

季晴夏撫著胸膛，向世界宣言。

「這是一直以來……連妳都不知道的事實。」

季晴夏那滿懷自信的模樣，讓世界為之靜寂。

真的有這種東西嗎？季晴夏其實掌控一切的證據？

「院長，是從什麼時候開始呢？」

季晴夏指著自己胸口上的蝴蝶記號說道：

「本來只有我能製作病能者，但從什麼時候開始，只要知道方法，不管是誰都能製造病能者？」

「妳忘了嗎？我在『家族之島』時奪走了『最強電腦』，將製作病能者的方法洩漏了出去。」

「『最強電腦』的組成是？」

「『人類』──或許應該說，人類的大腦。」

院長的話，讓我的腦中浮現出過往的記憶。

──在家族之島的山中，八百個透明培養槽擺在一起。

之後，我也在黑道家看過縮小版本的最強電腦，他們將人類的大腦串聯在一起，製造了科塔。

「那麼，妳為何要將製作病能者的方法洩漏出去呢？」

「只要病能者的數量變多，世界就會陷入混亂。我就能藉著對抗病能者，得到普通人的支持。」

「這不是很奇怪嗎？只要獨占這個祕密，那不管是病能者還是普通人，都在妳的掌握中了。」

季晴夏右手扠著腰問道：

「這才是讓世界和平最好的做法吧？」

「…………」

聽到季晴夏這麼說，院長陷入了沉默。

對啊？晴姊說得對。

為何我現在才想到這個疑點。

若是院長沒洩漏出去，她一樣能偷偷製造服從她的病能者，讓世界陷入混亂，接著再跳出來收拾局面。

靠著自導自演，她一樣能走到如今這般地步。

「僅有實話的妳，應該只會做有意義的事，但『洩漏製造法』這事違反妳應該要遵守的常理，妳知道為什麼嗎？」

季晴夏露出笑容說道：

「因為我希望妳這麼做——我叫妳這麼做的。」

「不可能！」

院長斷然否定。

「我沒有任何印象！」

「那是因為妳沒有自覺，為了讓病能者的數量多到能與普通人類抗衡，我利用了妳。」

「從剛剛開始，妳說的盡是虛言，到底真實的證據在哪兒？」

「別急嘛，接著才是重點。」

季晴夏撫著自己胸膛說道：

「妳說，這幾年來妳都找不到我，但為何呢——

「為何妳連『莊周』的人都找不到？」

「『莊周』……？」

突然提出的名詞，讓院長和我為之一愣。

在一開始時，季晴夏曾創立了「莊周」，這個組織集合了各式各樣的病能者。

我曾在家族之島看過一次，它們被裝在透明培養槽中，當作最強電腦的一部分。

但這幾年來，他們都如同季晴夏一般無影無蹤，大家早就淡忘了他們。

「找不到我就算了，但八百個人一個都找不到，這難道不奇怪嗎？」

「……那八百人一點都不重要吧。」

「很重要，當然很重要。院長妳還沒發覺嗎？」

季晴夏指著院長說道：

「妳難道就沒想過，妳是怎麼被我製造出來的嗎？」

「咦？」

就像是遭到電擊，我感到院長像是當機一般停在了半空中。

「製造病能者，需要有『人類』串聯起來的大腦當作素材。那麼，愉快的猜謎時間現在來了～～那些『莊周』的病能者，現在究竟身在何方？又被拿來做什麼呢？」

——八百個透明培養槽再度從我腦中浮現。

「該不會、該不會我——」

「正確答案。」

季晴夏露出陽光般的欣喜笑容說道：

「妳是由八百個『莊周』成員製造出來的，院長。」

就像是一直以來鎖著的鎖頭被撬開。

在空中的院長發出了碎裂的「喀哩」聲。

雖然這聲異響很輕，但所有人都清楚聽到了。

但院長並非易與之輩，她很快地就冷靜了下來。

「就算我真的是由八百名『莊周』製造出來的，那又如何？」

「『莊周』的功用並不只是製造妳而已喔。」

「嗯？」

「院長，妳在自殺後變成了虛擬程式，妳擁有自己的意志和生前的人格，也能不受地理限制投影在世界各地，這些舉動，都需要大量的運算，那支撐妳這個虛擬程式的『主機』究竟位於何方呢？」

「位於、位於——」

院長說到一半閉上了嘴，似乎是不想說出主機位於何處。

這也是當然的，畢竟這就相當於是她命脈的重要事物。

但現在是再關鍵不過的時刻，在權衡利害得失後，院長還是咬牙說道：

「我的『主機』……被我藏在『和』的中央深處。」

聽到院長這麼說。

我想起了我闖入「設施」中時的場景。

除了無數幻肢殭屍外，還有無數不知做何用途的白色房間。

「也就是說，妳的『主機』，就跟原本藏在裡頭的幻肢殭屍擺在一起？」

「沒錯，我親自揀選了幾千名病能者，將他們的大腦串聯起來。」

「那麼，妳知道嗎？」

季晴夏露出愉快的笑容：

「八百名『莊周』，就混在那幾千人裡頭喔。」

「怎麼……可能？」

藏一棵樹最好的方法，就是將其藏在森林中。

「妳當然不可能發覺。」

季晴夏步步進逼。

「因為除了製造妳的功用外，那八百名『莊周』還有一個再重要不過的功能。」

——喀哩。

院長身上，開始出現了無數黑色的裂痕。

即使是我也能一眼看穿，那是毀滅的痕跡。

「其實——『莊周』就是供妳進行運算的核心，也是支撐妳存在的重要主機啊。」

季晴夏揮動白袍說道：

「所以妳才永遠找不到他們。」

「不要再說了！」

院長發出了悲鳴。

——就在這瞬間。

彷彿時光回溯，院長散去世界各地的光之碎片逐漸飄了回來。

不過短短幾秒，僅剩頭部的院長就恢復成了原本完好的模樣。

眾人面前的幻肢院長，也變得幾乎看不到。

「不、怎麼會這樣……」

天空的院長驚訝地看著自身說道：

「就算季晴夏的話真的剝奪了大家對我的信仰，這崩解的速度也太快了——」

院長說到一半住了嘴。

——發現真相的她猛然將頭轉到我的方向。

「『家人製造』。」

閉著左眼的我，對院長露出了笑容。

「季武，你這傢伙……」

我一開始就說過了。

現在與院長進行對峙的，並非只有季晴夏一人。

早在辯論展開的瞬間，我就將「家人製造」的病能悄悄散發到世界各地，將所有人都變成我的家人——也變成季晴夏的家人。

家人的話比誰都還有說服力，讓人不由得輕易相信。

利用病能，我大幅的增加了季晴夏話語的威力。

「院長，承認吧。」

季晴夏毫不留情地揮出攻擊。

「我就是妳，妳就是我。」

「不是這樣！」

「妳至今為止做的一切，都是我希望妳做的。」

「我怎麼可能、怎麼可能是被妳玩弄在手掌心的存在！」

「我想統一世界，但又不想現身於他人面前，所以我在妳背後操弄妳，代替我完成了這一切——這就是真相。」

「就算我真的和妳是同一人，那也沒關係，因為現在的我已超越妳！」

院長揮出扇子向大家說道：

「大家面前產生的幻肢院長跟妳全然無關，他們的心痛，誕生出了純粹的『滅蝶者』。」

「真的是如此嗎？」

面對院長的反擊，季晴夏毫無畏懼地說道：

「若是我這麼跟妳說呢：妳會做到這步，其實全然都在我的計算中呢？」

「……什麼？」

「我再說一次——妳就是我。」

季晴夏露出勝利的笑容說道：

「這場呈現在大家面前的辯論，讓大家對妳這個存在，混入了『我』的形象，那麼，這根本就不是純粹的『滅蝶者』吧。」

「……」

頑強的院長終於陷入沉默。

在此同時，「和」也來到了崩解前的三十秒鐘。

世界的命運來到最終時刻，所有人都屏息看著這一切。

「我還沒輸……還沒！」

院長緊握手中的扇子，咬著銀牙說道：

「至少，我還能質疑妳。」

「喔？」

「就算是家人，也會對家人說謊，只要是人類，就會吐出謊言。」

院長用扇子指著季晴夏，吐出了最後且最為強大的反擊：

「妳要怎麼證明，妳剛才所說的一切不是謊言？」

「很簡單。」

季晴夏也指向院長說道：

「這個世界，不是有『某個』總是遵循實話設定的存在嗎？」

既然僅有一條設定，那就用這條設定去摧毀她吧。

——打敗妳的，將會是妳自己的實話。

只要院長所說的，那大家必然會相信。

所以，用她的實話殺了她吧。

「院長，妳還記得我的病能是什麼嗎？」

季晴夏胸口上的蝴蝶記號，發出了光芒。

與此同時，她的左方也蔓延出了不祥的黑暗。

「回答我，身為病能者的我，病能是什麼？」

「妳的病能是……『刪除左邊』，讓人意識不到左邊的事物。」

「那妳知道這些年來，為何找不到我了嗎？」

「咦？」

「看看妳的左邊吧。」

「該不會、該不會妳……！」

「這是最後的提問了，院長，請妳回答我——」

季晴夏仰頭問道：

「『妳的左邊，站著誰呢？』」

——院長緩緩地將頭轉向她的左側。

院長……

妳的計策確實完美。

但是，妳有一個很大的誤算。

妳為了成為人類，占據了科塔的身體。

這個舉動讓妳的計策成功，但同時也埋下了足以讓妳滅亡的伏筆。

妳忘了很重要的一件事。

「那就是我也對失去科塔這件事感到心痛。」

所以，我也能憑著我的心痛，**製造幻肢科塔**出來。

「咦……？」

將視線投向左方的院長雙眼圓睜，露出驚訝無比的眼神。

我能理解她的訝異。

因為——

她的左邊，什麼都沒有。

沒有站著本應藏在她左方的季晴夏。

就在此刻，院長明白了一切。

「原來，季晴夏妳——」

是的，季晴夏在說謊。

打從一開始，季晴夏所說的就全都是謊言。

不管是「莊周」、「主機」、「刪除左邊」都是。

季晴夏是特異無比的存在。

就算只是謊言，但只要出自她口，無論誰都不敢輕忽。

利用季雨冬前面的鋪陳，季晴夏的妄語聽起來似模似樣。

除了我之外，誰都沒想到吧。

面臨世界存亡的關鍵，季晴夏吐出的盡是胡說八道。

但只要這些謊言足以讓院長產生動搖，使大家面前的幻肢院長變淡，那就是我們的勝利。

「各位——」

似乎是猜到了我想做什麼，院長趕緊張開了嘴巴——

但是，已經來不及了。

「五感共鳴。」

在她開口前，我藉由幻痛再生和頭上的水晶王冠，將我製造出來的幻肢科塔投影到了大家面前。

數億個清晰無比的幻肢科塔同聲說道：

「我在我的左邊，看到了一直隱藏起來的季晴夏。」

在全世界面前，幻肢科塔代替院長，說出了她這輩子唯一一次的謊言。

「原來——

「我就是季晴夏，季晴夏就是我。」

諷刺的是，就因為至今為止累積下來的實話，全世界都相信這謊言是院長所說，也相信了這是毫無疑問的事實。

再也沒有人願意信奉她，也再也沒有人願意提供院長足以生存的心痛。

大量的黑色裂痕迅速布滿院長的身體！

——砰！

連一句話都沒留下，幻肢院長和整個萬物扭曲的空間一同碎裂、消失！

無數的光之碎片灑到了空中，就像是將她的存在散落到各地，祝福著全部人類。

院長總是用實話說謊。

不知道她有沒有想過，終有一天，她會被謊言說出的實話毀滅。

「不過……真是艱困啊。」

靠著季雨冬的死。

靠著季晴夏的偽造。

靠著葉藏的萬物扭曲。

靠著雲悠然的第六感。

靠著建立在科塔回憶之上的幻痛再生。

我用盡全力理解了上述一切，才終於破解院長的計策，打敗了她。

或許院長說得一點都沒錯，靠著那過人無比的執念，她終於在這刻超越了季晴夏。

我仰頭看向天空，院長破滅後留下的點點光芒鑲滿了整個天空。

看著那閃亮且充滿希望的光景，我突然這麼想。

說不定這幅情景，最為接近院長原本想構築的世界。

只是，最後也不知道是哪個環節出了問題，造就了這樣的結果。

「嗯？」

在漫天的光芒中，我突然注意到了一個特別的事物。

在院長破碎之處，無數的光芒往該處集中，凝聚成了一把扇子的形狀。

這面由光芒聚成的光扇緩緩下落——

我走到光扇的下方，平攤手掌，接住了院長那總是拿在手中的扇子。

——就在碰觸到的瞬間。

一陣白光在腦中閃爍。

等到我回過神後，我已來到了一間小小的和室中。

「院長……」

並非是科塔模樣的院長，而是原本型態的院長正座在榻榻米上，向我露出高雅的微笑。

「一直以來都麻煩你了，季武。」

三指著地，院長以漂亮至極的姿勢向我低下了頭——

「再見。」

抬起頭的她，不知為何以滿足的微笑向我說出了這句話。

隨著這聲語落，剛剛的光景和手中的光扇就像夢一般隨風消逝。

這個插曲來得突然，消失得更是突兀。

我幾乎要認為那是我的幻覺。

——轟隆隆。

此時，一陣劇烈的地震打斷了我的思考。

「差點忘了……還有『和』的事必須解決。」

大幅降低的和，再十秒鐘就要墜落了。
我轉頭看向東邊的和之居民，因為徹底失去院長這個依靠，每個都跟失了魂似的。
「去吧，小武。」
——啪的一聲！
季晴夏在我背後重重拍了一掌！
「去拯救他們——去成為英雄吧。」
彷彿被季晴夏的這掌推向前，我向前邁步。
「『和』的居民啊。」
使用頭上的水晶王冠，我對僅存下來的居民說話。
「我知道你們憎恨我和病能者，所以，我不會要你們追隨我。」
手撫著胸口，品嘗著內心的心痛，我繼續說道：
「但是，我想跟你們說，我比誰都還瞭解心痛和軟弱——比誰都還瞭解你們現在的感受。」
我不如晴姊，所以我不會站在前方引領他人。
我不如院長，所以我不會站在眾人上方領導他人。
但是——
「我會站在你們所有人的身邊。」
「和」之所以失去動力，是因為少了數萬具幻肢殭屍，喪失了能讓它浮空的病能。
所以要拯救現在的狀況，只要提供同樣數量的幻肢殭屍就好。

「單只有我的力量是不夠的。」

我舉起左手，手掌上頭的蝴蝶記號閃閃發光。

我說過了——我要理解所有人，用理解拯救大家！

將自己代入所有人的想像中，複製他們的心痛，燃燒此時「和」中瀰漫的高濃度

「幻痛再生」——

「讓我和你們珍愛的人一同拯救你們吧！」

——無數的幻肢殭屍出現在和之居民面前。

那些都是他們在這場戰亂中失去的好友或是親人。

這些閃閃發光的幻肢殭屍對著倖存下來的親人說著最後的言語——

「爸爸，我愛你。」

「媽媽，我這輩子很幸福喔。」

「姊姊，妳要找個好男人嫁了喔。」

「即使我不在了，爺爺你也要長命百歲。」

「女兒啊，要堅強活下去，弟弟就交給妳了。」

「我不該跟你吵架的，來生我們也要當好朋友喔。」

「你是我們家唯一存活下來的人，請你保有驕傲，抬頭挺胸地走下去。」

有的是盼望，有的是期許，有的是祈願。

但不管是什麼話語，這些親人們都是帶著笑容說的。

「真是驚人……竟徹底明白了所有人的心痛……」

在我身邊的季晴夏，不知為何以像是欽羨的語氣這麼說道。
「這就是……『理解』的力量。」
大幅的震動再度產生！我感到「和」的邊緣已開始崩毀！
幻肢殭屍散作了點點光芒，往「和」的中央飄散而去。
所有和之居民都哭著懇求那些親人不要走。
若我是那些死去的人，我會想跟他們說什麼呢？
此時，我的腦中浮現了季雨冬笑著的身影。
閉上眼，我將季雨冬想說的最後一句話，和那數萬名幻肢殭屍同聲說出口——

「即使沒有了我，你們也要活得很幸福喔。」

所有幻肢殭屍化作光之粒子，就此消散在因院長死掉後變得絢爛無比的天空。
在此同時，「和」的震動也停止了，重新浮在了空中。
「你做到了，小武。」
季晴夏露出笑容說道：
「你拯救了一切。」
「不，還沒呢。」
「嗯？」
「光是這樣，不算是拯救大家吧。」

為了完成與季雨冬的約定，我不能在這邊停下腳步。

再度使用頭上的水晶王冠，我將我的身影投影在世界所有人面前。

「『和』——不，世界的所有人啊。」

我撫著胸口說道：

「我是季武，世界最初的病能者，也是理解你們的存在。」

露出希望他人安心的笑容，我說道：

「歷經了許久的時間和準備，我終於鼓起勇氣，站在你們面前和你們說話。

「所以——

「跟我一同前進吧。

「跟我一同拯救他人吧。

「跟我一同守護世界吧。

「我不會領導你們，但我們可以一同抓取想要的事物。

「我會說實話，也會說謊。

「但即使說謊，也不見得是壞事。

「記住我的長相、記住我的身姿——不管你是病能者還是普通人，我都會站在你們身邊。

「我想成立一個國家，只要你願意過來，這個地方都會收留你。」

因為季曇春，我知道了何為悲傷。

因為季晴夏，我明白了何為憧憬。

因為季秋人，我瞭解了何為憎恨。

因為季雨冬——

我終於體會到了何為愛情。

「我的國家名為——『四季』！」

我向著全世界大聲說道：

「世界不一定要和平！但是人一定要彼此理解！」

緊抓著空空如也的胸口，我向大家宣言：

「『四季』會理解你的一切，不管是軟弱、悲傷、快樂、愛憎、憧憬，我們都會與你一同分享，我也確信大家都會理解這一切。」

以遍體鱗傷的模樣，我張開雙手大聲說道：

「因為，不管你是人類還是病能者——

「——我們都是受過傷的人類！」

當我說完後，沒有掌聲、沒有騷動。

世界並沒有像院長那時一般，掀起巨大的波瀾。

但是，我想這樣就足夠了。

我相信必定有人理解了我說的話。

因為，和之居民看著我的眼中，已不再充滿不可理喻的憎恨。

一小部分的人，緩緩地向我走了過來。

「我做到了喔。」

看著眼前向我走來的人群，我仰望天空，向季雨冬說道：

「雨冬，我達成與妳的約定囉。」

心中緩緩響起了她的聲音。

——即使我不在，武大人也沒問題的。

——即使我不在，武大人依然可以堅強的。

——即使我不在，武大人依然可以守護他人的。

「即使妳不在……」

我按著充滿痛楚的胸口，露出微笑。

「我也會努力露出笑容的。」

終章

在我拯救「和」的眾人後，發生了兩件讓人吃驚無比的事。

第一件事發生在幻肢季晴夏消失的那刻。

當事情告一段落後，瀰漫在「和」的高濃度「幻痛再生」逐漸消失，我的心痛再也不足以維持季晴夏的存在。

季晴夏什麼道別的話都沒有跟我說，就這樣朝我揮了揮手，轉身離開。

我有無數的問題想問她，但是全都來不及問出口。

「當你找到我後，你就會明白一切的。」

季晴夏如此說道。

轉過頭的她對我露出了一個意味深長的笑容，一如既往的不斷前行，消失在我面前。

我不由得這麼想，就算只是我心痛製造出來的季晴夏，但這樣的說話和行動還真像是她。

但就在季晴夏消逝後，令人驚訝無比的異變發生了。

「——咦？」

季雨冬消失了。

就在我想要好好安葬她時，我發現她就像蒸發一般全然消失了。沒有留下衣服、沒有留下任何飾品。不管哪兒都找不到她的屍身，僅留下地上的一大灘紅色血跡，還有——

「晴姊……」

我手摀著嘴，抑制差點哭出來的淚水。

「是妳……晴姊……」

地上用血跡寫了一個「晴」字。

這個筆跡蒼勁又有力道，彷彿可以穿過石頭一般。

——正是我看過無數遍的季晴夏筆跡。

「我就知道，妳不會拋下我們的……」

我不知道真正的她是因為什麼緣故堅決不出現在我面前，但從這個字跡判斷，季雨冬應該是被她帶走了。

「太好了、真的太好了……」

我雙手摀面，拚命忍住要崩潰而出的情緒。

若是季雨冬真的在季晴夏身邊，那或許……她還有希望活下來。

雖然這有可能只是我痴心妄想，但我不由得這麼盼望。

「那麼，我真的要好好守護世界了。」

我抬起頭來，注視著前方的人群。

「這也是為了有一天能與晴姊和雨冬重逢。」

在這個瞬間，我突然明白了一件從沒明白過的事。
這或許也是晴姊一直以來的心情。
為了珍愛的人，她想創造一個可以讓我們幸福生活的世界。

第二件令人驚奇的事，發生在「和」墜落的七天後。
在我成立「四季」後，我變得非常忙碌。
以「和」當作據點，世界各地的人開始前來投靠我們，就連季秋人都帶著坐著輪椅的南過來了。
不只普通人而已，過沒幾天，接到我聯絡的葉柔帶著數萬名病能者和我們會合。
短短幾天，「和」就恢復了以往熱鬧的模樣。
當然，普通人和病能者的隔閡不可能這麼快就消失，憎恨我的人也不少，尤其以原本的和之居民最為嚴重。
為了避免起紛爭，我將普通人和病能者暫時分開生活，期待互相理解的那天到來。
在我、南、葉藏、葉柔和季秋人的管理下，家園慢慢地重建起來，每天都忙得不可開交。
這些人中，我最為擔心葉藏。
雖然表面上看起來一點異狀都沒有，但我知道她只是在逞強。
每天晚上，我都能聽到她為科塔之死哭泣的聲音。

接著，就在七天後，奇蹟發生了。

搖晃著長長的白髮，科塔重新出現在我們面前。

「科塔……？」

我和葉藏不敢置信地看著站在我們面前的科塔，懷疑是我們在作夢。

「（萬歲）」

面無表情的科塔，用雙手高舉融化了我們的疑惑。

「科塔啊啊啊啊啊～～～」

葉藏衝上前去，一把抱住了她。

停止的時間重新轉動。

科塔接續了被院長占據時的舉動。

就像是道謝，就像是不捨，就像是道別——

科塔將頭靠到了葉藏的肩上，露出了淡到幾乎看不見的笑容。

後來我才知道。

總是做好萬全準備的院長，早就在「和」的深處，預備好了科塔的複製體，以防任何意外發生。

這些天來，多虧了葉藏從沒忘記過科塔的死。

這個科塔的複製品汲取了葉藏的心痛和對科塔的認知，讓科塔重現於世了。

只是……

「真是拿她沒辦法啊……」

要是之前的我，一定看不出其中深意吧。

但是現在的我，已經會運用理解的力量了。

不說破的我，看著葉藏和科塔的相擁，和季晴夏一般露出了意味深長的笑容。

三個月後。

「四季」漸漸上了軌道。

「和」裡頭的人口已來到了數萬人，基本的生活設施也都重建完畢。

當然糾紛和紛爭是少不了的，但只要季秋人、南出現，沒有不能解決的問題。

就算真的有，那就請葉藏和葉柔也出馬。

因為國家漸漸變得盛大，不管是於內於外都需要一個領導人。

於是，「和」舉辦了一場登基典禮，將我推舉為王。

這些日子以來，都是我在決定事情，我本來就是實質上的領導者，但這個典禮確實有其必要。因為我們能藉此告訴國內和國外的人，我們「四季」是一個國家。

在「和」的中央，我走過漫長的紅地毯和黑壓壓的圍觀群眾，登上了樸素的王座。

擔任禮賓的葉藏和葉柔站在王座旁，對我露出了笑容。

她們同時捧著季曇春的水晶王冠，戴到了我頭上。

「各位，今天是『四季』的起點，也是大家的起點。」

坐在王座中的我，露出了微笑說道：

「我很開心能擔當大家的王，成為守護大家的存在。」

——如雷的掌聲響起。

雖然還是有些人反對我，但這些日子的努力，確實讓我得到了大多數人的支持。

依照流程，接著我應該說些激勵大家士氣的言論，向國外的人喊些展示自己力量的言語。

但是，我決定不這麼做。

還有一件事必須現在解決。

「要是在場有人對我成為『四季』的王有意見，請你站出來。」

——熱鬧的會場一瞬間安靜了下來。

對我這樣脫稿的演出，所有人都露出驚訝的神情。

他們面面相覷，一言不發。

會來觀禮會場的，應該都是支持我的人。

所以，照常理說，應該不會有任何人——

「我反對。」

一個嬌嫩的小女孩聲音響了起來。

晃動長長的白髮，穿著白色連身裙的科塔站了出來。

「我反對季武成為『四季』的王。」

除了我之外，所有人都以震驚無比的眼神看著科塔。

因為雖然服裝不同，但她就跟院長長得一模一樣。

「科塔，妳怎麼在這邊？」

葉藏搗著嘴，不敢置信地說道。

因為科塔長得和院長無比相似，所以葉藏之前一直把她藏了起來，今天也沒有安排她來觀禮。

卻沒想到，她在這時突然出現了，還質疑我成為王的事實。

「季武，我想問你。」

在世界面前，嬌小的科塔不斷吐出質疑。

「身為最初的病能者，你憑什麼統治既有人類又有病能者的『四季』。」

「啪」的一聲張開扇子，她露出高雅的笑容說道：

「不管是誰，都無法拯救所有人。若是哪一天，你只能選擇拯救其中一方，那你會不會選擇病能者而拋下人類──就跟之前『滅蝶者』所做的事一樣。」

院長的質疑是對的。

不管再怎麼說，我都是病能者。

這些日子，我也都依賴著葉藏他們這些病能者。

誰都不能保證我不會對病能者偏私。

所有人都緊張地看著我，深怕我不能反駁。

在這樣緊繃的氛圍下，我──

「呵……」

我不禁笑出了聲。

因為，現在的發展，就跟我預料的一樣。

——再見。

畢竟那時的院長，說的是「再見」。

要是真的就此消失，她所說的實話應該是「永別」。

此時，一個觀禮的民眾代替大家吐出了疑問。

「妳究竟……是誰？」

科塔微微歪著頭，手指抵著嘴說道：

「我嗎？」

「我是……對了，我是『滅蝶者』的女兒，我是個普通人，請你們用『裏科塔』稱呼我吧。」

院長不會做無意義的事。

製造科塔的複製體，也是為了偷偷吸取葉藏對母親的心痛，悄悄地在科塔內心深處建立自己的人格。

想必現在的科塔是一體兩心，類似雙重人格的存在。

她是科塔，但同時也是院長。

「只有病能者能完全理解病能者，也只有人類可以完全理解人類。」

裏科塔用手中的扇子朝我一指。

「僅是病能者的你，不配成為大家的王。」

與院長的對決還沒結束。

此時、此刻——

才是真正的最後決戰。

「真不愧是裏科塔，這一手真是漂亮。」

面對她的指控，我連連點頭。

周遭傳來了無數竊竊私語。

雖然大家對「滅蝶者」的敬愛已消失，但那是因為季晴夏把「滅蝶者等於季晴夏」這認知灌到了大家心中。

但「滅蝶者」為大家做了無數事情，一聽到「滅蝶者」有女兒，原本身為和之居民的人，都不由得對裏科塔投注了充滿感情的眼神。

「季武，我要在此向你說一個實話。」

裏科塔用扇子遮住臉的下半部說道：

「我已經沒有任何備份和計策了，只要在這邊殺了我，我就會永遠消失。」

若是當場殺了裏科塔，我就會喪失所有人的支持。

但若是都不處理她，想必我在之後也會跟現在一般，不斷遭受她的暗箭和妨礙吧？

裏科塔再度設了一個無解的局給我。

只不過——

「妳還是太小看我了，裏科塔。」

我走下王座，將雙手伸到她的腋下，一把將她抱了起來。

所有人都驚訝地看著我，就連懷中的裏科塔都發出了從沒發出的驚慌聲音。

「咦？咦？」

我將白髮小女孩抱在膝蓋上，坐回了王位。

「我不是說要理解、接受所有人嗎？那這之中當然也包括了妳啊，裏科塔。」

我從懷中拿出了早就準備好的王冠——那是跟我頭上所戴的水晶王冠一模一樣的複製品。

「季武，你——」

像是完全沒預料到我會這麼做，雙眼圓睜的裏科塔看著我手中的王冠。

我親手將它戴到了院長的頭上。

「各位，從今以後，人類的事就找裏科塔決定，而病能者的事則由我仲裁吧。」

我不足的部分，由他人彌補。

我向懷中的院長——也向所有人露出了笑容說道：

「為了理解所有人——

「『四季』的王，有兩個。」

所有人歡聲雷動。

不管是人類還是病能者都拍手大喊。

在一片「四季、四季」的歡呼聲中，我懷中的裏科塔轉過頭來。

「季武。」

這麼多年來，我聽過院長的道謝，也聽過她的道歉和道別——我以為我已經聽盡了所有她能說的實話。

但是，她總是能出乎我意料之外。

「是我輸了。」

以科塔的面容展露出無奈的微笑，裏科塔對我吐露出我從沒聽過的實話。

終章之後

在一個誰都不知道的地方，有著八百個透明培養槽中，裡頭裝著「莊周」的人。

在林立的透明培養槽中，一位斷了左手的女性和一位穿著連身外套的嬌小女性，不知為何對峙著。

「找到妳了，季晴夏。」

先發話的，是那個有著惺忪睡眼的嬌小女性。

「不愧是雲悠然呢，竟然能來到這邊。」

「直覺啦……只是直覺妳在這邊。」

「妳的第六感還是一樣特別。」

「還好啦。」

雲悠然揉了揉想睡的眼睛說道：

「我就是個來攪局的。」

「連斷定妳是敵還是友都是浪費時間的事呢。不過，我一直很想問妳，世界操控妳，讓世界朝著它所希望的方向前進，但是——」

季晴夏露出參透一切的笑容說道：

「世界並沒有一定要拯救人類吧？」

「是啊，沒人保證我的作為是對的，也沒人保證世界的走向對人類來說是好事，說不定世界其實正希望人類毀滅呢。」

雲悠然打了個呵欠。

「不過，我也不關心這事就是了，若人類死光是世界所希望的，那我也只能照做。」

「『當我生時，一人哭，眾人笑；當我死時，一人笑，眾人笑。』」

說出座右銘的季晴夏，露出自信的笑容說道：

「只要有我在，人類就不會毀滅。」

「嗯……？」

看著季晴夏的笑容，雲悠然露出了困惑的表情。

她戴上連身外套的帽子，端詳起季晴夏的面貌。

「原來如此啊……」

過了良久後，雲悠然喃喃說道：

「難怪誰都找不到妳呢。」

「早在許久許久以前，一切就已結束了。」

「嗯……我的直覺也告訴我，結局定下了。」

「明明伏筆擺在那邊，但還是誰都沒有參透『病能』的真正意義呢。」

翻動身上的白袍，季晴夏往前走去。

「該是時候現身於世，推動病能者計畫邁入下個階段了。」

國家圖書館出版品預行編目資料

深表遺憾，我病起來連自己都怕5／小鹿 作.
--初版. --臺北市：尖端出版, 2018.4
冊；公分
ISBN 978-957-10-7860-1(第5冊：平裝)

857.7　　106003745

原創浮文字

深表遺憾，我病起來連自己都怕5

著者／小鹿
發行人／黃鎮隆
總編輯／洪琇菁
執行編輯／梁瓏
企劃宣傳／邱小祐、劉宜蓉
文字校對／楊立儂、施亞蒨
封面插畫／Mocha
副總經理／陳君平
國際版權／黃令歡、李子琪
美術編輯／吳佩諭
內文排版／謝青秀
出版／城邦文化事業股份有限公司 尖端出版
台北市中山區民生東路二段一四一號十樓
電話：（〇二）二五〇〇七六〇〇
傳真：（〇二）二五〇〇二六八三
E-mail：7novels@mail2.spp.com.tw
發行／英屬蓋曼群島商家庭傳媒股份有限公司城邦分公司 尖端出版
台北市中山區民生東路二段一四一號十樓
電話：（〇二）二五〇〇－七六〇〇（代表號）
傳真：（〇二）二五〇〇－一九七九
北部經銷／祥友圖書有限公司
電話：（〇二）八五一二－三八五一
傳真：（〇二）八五一二－四二五五
中彰投以北經銷／楨彥有限公司
（含宜花東）　電話：（〇二）八九一九－三三六九
傳真：（〇二）八九一四－五五二四
雲嘉經銷／智豐圖書股份有限公司 嘉義公司
電話：（〇五）二三三－三八五二
傳真：（〇五）二三三－三八六三
南部經銷／智豐圖書股份有限公司 高雄公司
電話：（〇七）三七三－〇〇七九
傳真：（〇七）三七三－〇〇八七
一代匯集／香港九龍旺角塘尾道六十四號龍駒企業大廈十樓B&D室
電話：（八五二）二七八三－八一〇二
傳真：（八五二）二七八二－一五二九
馬新經銷／城邦（馬新）出版集團Cite (M) Sdn. Bhd.
E-mail：cite@cite.com.my
法律顧問／王子文律師 元禾法律事務所
台北市羅斯福路三段三十七號十五樓
二〇一八年四月一版一刷

郵購注意事項：
1.填妥劃撥單資料：帳號：50003021戶名：英屬蓋曼群島商家庭傳媒(股)公司城邦分公司。2.通信欄內註明訂購書名與冊數。3.劃撥金額低於500元，請加附掛號郵資50元。如劃撥日起 10～14日，仍未收到書時，請洽劃撥組。劃撥專線TEL：(03)312-4212 ・ FAX：(03)322-4621。E-mail：marketing@spp.com.tw